친구 김봉기의 첫사랑

친구 김봉기의 첫사랑

2025년 3월 7일 초판 1쇄 인쇄 발행

지 은 이 I 박창현
펴 낸 이 I 박종래
펴 낸 곳 I 도서출판 명성서림

등록번호 I 301-2014-013
주   소 I 04625 서울시 중구 필동로 6 (2, 3층)
대표전화 I 02)2277-2800
팩   스 I 02)2277-8945
이 메 일 I msprint8944@naver.com

값 10,000원
ISBN979-11-94200-71-0

친구 김봉기의 첫사랑

시, 소설, 수필 등단 문인

솔향 박창현

시 詩

문고리 외 35편

단편 소설 短篇 小說

소년과 노신사의 행복 동행
친구 김봉기의 첫 사랑

수필 隨筆

초록빛 인생 – 우리 젊은 날의 인연
가을날 별밤의 회상 回想
행복을 즐길 줄 모르다 – 내 단짝 이웃사촌 강성민 형

명성서림

머리말

함박눈이 그친 후
맑고 파란 하늘 아래
흰 눈이 수북이 쌓인 설원雪原을 걸어가면
걸을 때마다 생기는 발자국이 길道을 만들고
그 길을 뒤로하고 새로이 발자국으로
길道을 만들며 계속하여 걸어갑니다.
우리 인생의 날들도 그러합니다.
그러한 날들 한 장 한 장을 모아 이 책을 만들어봅니다.

시집詩集 "웃음 소리" 발간 이후以後 새로 쓰고 모아놓은
원고를 정리했습니다.

시, 단편소설, 수필을 한권의 책으로 삼합三合을 모색하고자
합니다. 아무쪼록 독자들께서 이 책을 읽으시며 행복을 많
이 느끼시길 간절히 소망하는 바입니다.

흰 눈 덮인 한강 밤섬을 바라보며
솔향 박창현

차 례

──────── 시 ────────

봄

시

소설

수필

시

봄

봄꽃들이 자기 잘났다고
봄노래를 구성지게 부르고
있는디말이시, 그란디말이시,
밝고 맑은 햇살이, 오마, 오마,
어찌 그리도 아름답고 눈부시당가

문고리
시인 등단 작품

동그란 문고리
동그라미는 하늘

세상살이 돌고 돌아
하늘을 붙들어야
인생 문을 잘 열고 닫고

끝없는 용서와 화해
돌고 돌아 손 마주 붙잡고
서로의 눈물 닦아 주는 우리는
하늘 계시어
참으로 행복한 인간들

어느 봄날의 꽃바람은

아득한 전원의 고향에 꽃바람이 분다

입안에 가득 담은 진달래 꽃잎에 향기로운
봄빛 뒷산 꽃보라 속에 꿈꾸던 동심童心의
그 날들이 꽃바람에 날아간다

창공의 따사로운 기운에 노곤함 참지 못해
공중으로 비약하던 종달새의 풍경 속
그 평화가 꽃바람에 실려간다

잔디 위에 쏟아지던 봄볕 아지랑이 향한
사무친 그리움이 그 옛날의 꿈과 평화를 담은
꽃바람과 어느새 얼싸안고
허공으로 날아오른다

집 뜨락의 라일락 향내음을 동반한
봄날의 훈풍이
봄기운에 졸고 있는 내 이마를
커튼 사이로 스치는 사이에

고향의 어느 봄날 꽃바람은
지난 추억을 몰고 5월의 들판을 지나서
창가의 내게로 훌쩍 뛰어들어
흐르는 세월로 슬픈 심사를
마구 흔들어 놓고말았다

남녘의 봄날

오메, 벚꽃이 흐드러지게 피어
온천지를 덮어 부렀단말이시

새삼스레 내 고장 산천 둘러보니
이렇게 꽃 세상 낙원인 줄은
예전에 미처 몰랐당께

벚꽃만 있당가
산수유꽃, 민들레꽃, 목련꽃, 개나리꽃, 진달래꽃, 배꽃,
복숭아꽃, 살구꽃,
봄꽃들이 자기 잘났다고
봄노래를 구성지게 부르고
있는디말이시, 그란디말이시,
밝고 맑은 햇살이, 오마, 오마,
어찌 그리도 아름답고 눈부시당가

아이구매, 매화꽃이 자기 안 불렀다고
삐져부렀구마이
아니, 그라고 그 옆에 있는 보라색 풀꽃도
자기 안 불러준다고 성질내고 있당께
넌 무슨 꽃인디 낄려고 그란다냐
나는 이름 모를 풀꽃인디
그것도 아직 모른당가
하하하 너도 예쁘고 봄날도 예쁘다

싸게 싸게 와보더라고
봄날 따사로움이
남녁 꽃바람 불어
행복으로 푹 안겨 온단 말이시

봄산을 걸으며

봄볕 따사로이 내려 쬐는
쑥나물 푸릇푸릇한
봄산 오솔길 걸어가는데

쩨 큰 바위 뒤에
새 봄빛 나는 무언가 어른거려

반가운 마음으로
얼른 뛰어 가보니

활짝 핀 진달래꽃들이
나를 반기며
환하게 웃고 있네그려

해금강에서 (1)

봄기운 그윽한 평화平和의 곳
거긴 신神이 사시는데
숱한 줄무늬의 암벽岩壁은
神의 낙서장
부딪히는 파도에 실려
맑은 바다 푸르름 속에 떠도는
노란 낙엽 한 잎새의 외로움을 돌아본다

해금강에서 (2)

암벽岩壁에 서린 이끼
그곳은 태곳적太古的부터 기운이어라

그렇듯 적막함은
때 묻지 않은 맑음 때문이런가

둘레 둘레 푸르름의
봄의 환희는
관념만의 애닮음이니

신神이시여!
나의 벅찬 기쁨을 어찌 가꾸리요

초록빛 이끼

농가 돌담의 검은 돌에 핀
초록빛 이끼 위의 향수는
쏟아지는 그리움으로
내 마음을 가득 채워
감미로운 추억의 나래를
펼치게 하는구료

알 수 없는 풀꽃

햇볕 잘 드는 밭두렁길
어김없이 찾아오는 봄날
나는 이 기회를 놓칠세라
숨 쉬는 자연을 만끽한다

눈에 띄는 보라색 풀꽃
이름은 알 수 없지만
마음속에 다가오는
반가운 기쁨

구름 없는 파란 하늘은
이름 모를 풀꽃을
예뻐하며 봄날을 밝힌다

우리는 알고 있다
세월이 기쁨을 주고
생명을 일으킨다는 것을

아! 나이가 들수록
행복도 더 느낄 수 있나니

오늘이 있어
더 큰 감사의 마음이
봄빛과 더불어
한껏 부풀어 오르고 있네

봄비 내리는 날

봄비 내리는 한강 밤섬
초록빛 신록에 물안개 자욱한데
강건너 보이는 국회의사당
우리 사는 세상은 바쁘기도 하고

한강 공원 걷노라니
할머니따라 걷는 할아버지
구부정하니 왜 그리 힘이 없어 보이나
할머니 옷자락 붙잡고가고
평생 온갖 수고의 짐에 눌려
기진맥진해서 그러나

분주히 오가는 차들은
세월을 실고 오늘을 바삐 오간다

저 멀리 보이는
지평선 넘어 산마루 위
구름 덮힌 하늘에
머지않아 구름 걷히고
또다시 밝은 해가 떠올라
빛나는 희망을 가득 채우리라

웃음 소리 (1)
시인 등단 작품

오뉴월 푸릇푸릇한
바람에 실려
소리가 들린다
창문 밖에 보이는
높고 푸른 하늘에
소리가 울린다
마음의 고향
초록빛 들녘에
소리가 퍼진다

그 소리에 산수유꽃이
활짝 피었다

그 소리는 평화와 행복을 주는 소리

밝은 햇볕 속에
활짝 웃는 우리 손주들
아주 잘 웃는
예쁜 아이들에게
주님께서 복된 은총 주셨다

모내기

포근한 마음으로
함께 움직여 보자
오늘은 희망을
심는 날

야유회 날의 시골 정경

수림樹林 안 언덕배기
흰색 초등학교 건물
왁자지껄 떠드는
아이들 소리에
아득한 마음의 고향
어린 시절 세월이 다가오고

나는 어느 사이 소나무 몇 그루
풀잎 덮인 학교 옆 둔덕길에서
옛 친구들 그림자들을 쫓고 있다
창호야, 영진아, 충신아
공 잘 차는 영진이의 대폿볼이
탱자나무 학교 울타리를 넘어
덧없는 세월을 신고 날아가 버렸다

나뭇끝 잎사귀

하늘과 맞닿은
나뭇끝 잎사귀의 신록은
젊은 날 열정적 꿈 안의 시절이어라

가슴 저리도록
청춘의 정열로
마음을 태우던 날

초여름의 향기가
시리도록 코 끝에
와 닿던 기억들은

지금도 나를
나뭇끝 잎사귀에
벅찬 감동으로
머무르게 함이더라

산길

바라는 세상의 길
그 길 따라 걸어가는 인생

봄, 여름, 가을, 겨울, 우리의 생명은
바뀌는 계절 같아
오늘은 이 희망 내일은 저 희망

오솔길 따라 꿈을 찾는다

추억追憶

사람은 꿈과 추억을 먹고 산다는데
즐거운 추억, 기쁜 추억, 아쉬운 추억, 안타까운 추억 등등
추억의 회상은 꿈을 만드는 동력으로
그립고 행복을 주어
인생의 꿈을 만들고
발전된 미래의 동력을 만드는
인생의 중요한 기둥 역할 요소

춥지도 덥지도 않은 밝고 화창한 새 봄날
온천지에 생동하는 파란 새싹들
찬란한 이 봄날에 지혜로움을 펼쳐
나쁜 추억은 모두 잊어버리고
좋은 추억만을 회상하며
마음 속 불꽃의 의욕을 만드는
꿈과 로망을 강하게 추진해 볼지니

형제와 낡은 트럭

오! 사랑하는 우리의 형제여!
어둑 어둑 새벽이면
쏟아지는 달빛 받으며
집을 나서 향하는 곳

새벽 미사 참례하고
가족 부양으로 힘든 하루를
어깨에 둘러메고
터벅 터벅 걸어가는
수심에 잠긴 그대여!

오늘도 무거운 삶을
낡은 트럭에 가득 실고
하나라도 더 팔아
딸 대학 등록금
아들 고교 납부금
서둘러 만들어야지
그런데 이놈들은 아비 마음을 알까?

하루 운 좋게 일찍 다 팔면
낡은 트럭 몰고 교외로 나가며
차 안에서 운전대 붙들고
큰 소리로 외친다
하느님! 자비를 베푸소서
저를 도와주소서
트럭 운전하면서도 외치고
트럭에서 내려서도
하늘 보고 외치고
들판 보고 외친다

아이구! 딸 아들 키우는데
이놈들 내 뜻대로 안 따라주네
허허! 모두가 내 탓이요 내 탓이요
내 큰 탓이로소이다

노을이 아름답게 빛나는
어둠 깔린 저녁 무렵
어느덧 동편 하늘가에
떠있는 별 바라보며

낡은 트럭에서 내려
그래도 가장 포근한
보금자리 집으로 총총히 향한다

음주飲酒

적당한 음주는 인생의 활력소
봄날 라일락꽃 향내음처럼
강하지만 살며시 다가와
그리움을 일으키며 행복을 주는
마음 속 벗들의 반가운 미소

지나친 음주는
과유불급 고통을 주고
생명을 훔치는
고약한 침략자

3월의 찬란한 꽃

삼일절을 기리며

3월의 혼이여!
불꽃의 열정이여!
타올랐던 정열이여!
민족의 미래를 열고
대한민국은 3월 그날의
영령들 앞에
북받치는 감동으로
잠시 숨이 멈춘다

아! 대한민국이여!
영광된 민족이여!
이제 선진 조국의 하늘 아래
자유 독립 영령들이시여!
마음 평안히 고이 잠드소서!

여름

여름꽃,
하얀 옥잠화
푸른 수국,
그 색깔 같은
하얀 구름 푸른 하늘,
포플러 길 따라
고요한 여름날

여름밤

밤하늘
조약돌을 뿌려 놓은
그 안엔 참으로 꿈도 많았다오

모깃불 피워놓고
평상에 앉아 쑥 내음 향기로운
외할머니 옛날얘기 듣던 시절

선량한 농사꾼의 마음을
한없이 좋아함은
그때부터 이런가

시끄럽도록 떠들어대는
개구리 소리 따라
세월은 숱한 사연을
줄곧 이야기 해 옵다다

푸른 여름날에

오늘도 힘차게 걷는다
희망의 피안을 향해

녹음 짙은 여름철
열정을 가득히 하고

흰나비 너울거리고
매미 소리 한가롭다

여름꽃,
하얀 옥잠화
푸른 수국,
그 색깔 같은
하얀 구름 푸른 하늘,
포플러 길 따라
고요한 여름날

벗들은 아는가
폭포처럼 쏟아지는
밀려오는 그리움을

빛나는 태양은 말한다
불타는 우리의 정열
못다한 꿈을 향하여
쉬지 말고 걸어가자

이제나 저제나
생활의 넋은 꿈을 쫓고
훗날의 삶
밤하늘 빛나는 별빛이 되리라

플라타너스

플라타너스 잎사귀는 슬픔을 안겨줍니다
잎새에 감도는 풋풋한 시골 바람은
언제나 따사롭던
돌아가신 외할머니 사랑으로
그리움과 슬픔을 안겨줍니다.

플라타너스 커다란 덩치에 붙어
바람에 흔들거리는
초록빛 사랑의 편지들은
삶의 슬픔을 안겨주는
반짝이는 추억의 파편들입니다

소나기 한차례 퍼붓고 지나간 여름날
무성한 잎새 사이로 보이는
맑고 파란 하늘에서
아아, 나는 참으로 눈부신
그분의 모습을 보았습니다

세월은 뜻을 키우고
플라타너스는 세월을 전시합니다

나는 행복합니다
세월이 슬픔을 낳을지라도
님께서 함께 계심으로
나는 아주 행복합니다

은총과 자비와 평화가
님으로부터 함께 함을
알고 있기 때문입니다

내 마음의 푸르름

세월은 흘러가도
한가지 아쉬움은 여전하네
마음 속 한 귀퉁이에 살아있는
청춘의 푸르름은 굳건한데

바삐 살아온 지난 날들
열정은 언제나 똑같으나
동경의 세상은 그냥 꿈이런가

하늘 아래 푸른 강물
초록빛 섬 색깔은
내 마음의 푸르름을 짙게하고
정열을 솟아나게 하는데

사람들아
어디에시 역동을 찾을끼
이제나 저제나 한탄의 소리가
내 귓전을 때리는데

그만 힘차게 일어나
기다리는 희망의 삶
서둘러 찾아가세나

높고 푸른 하늘
넓고 파란 바다
해변의 하얀 모래 사장
해송의 솔향기 그윽한
아름다운 인생 여정
이제 또 다시 시작하세나

새롭게 힘을 모아
불꽃의 의욕으로
힘차게 출발하세나

가을

해맑은 가을 햇살에
눈부시게 반짝이는 강물따라
감미로운 추억을
세월은 알려주네

고향

나락 여무는 논두렁 길 따라가면
벼 이삭 사이로 누군가 있는 듯하여
사무치는 그리움으로 뛰어가 보니
들국화와 코스모스 군락들이
나를 반겨 껴안아 주는 구료

영추 迎秋

플라타너스 붉은 잎사귀에 가을이 머문다
어느새 계절의 향기는 생활의 기쁨을 더하고
재촉하는 후조候鳥의 나래에는 서리 맺힌 이슬의 영롱함이여
이 가을 흠뻑 국화의 맑은 미소를 맛볼까나

아! 가을

그렇게 무덥던 여름날의
울창하고 무성하고 짙푸른 숲들이
빠르게 흐르는 세월로
어느덧 선선한 날씨에
현란하고 색깔 짙은 가을 옷으로
듬성듬성 갈아입고
아! 가을은 벌써 왔구나
세월은 진정 빠르구나
짧은 인생 올 가을에는 미루지말고
가을 여행 꼭 가야지

9월

드디어 왔구나

뙤약볕 아래에서
땅의 열기가 솟아올라
휘청 휘청 오고가며
생사의 기로를 겪었던
실로 무덥던 지나간 여름날들

몹시 기다렸던 9월이여!
이제 왔구나!
8월이 지나자마자
선들바람 불어
힘이 솟는다

짙푸른 강물과 주변의 푸르름들
생명을 부른다 9월이여!
머지않이 눈부신 단풍으로
꿈에 그리던 피안彼岸의 세계로
세상은 아름답게 변하리라

9월의 가을날
높고 푸른 하늘아래
황토밭을 맨발로 걷는
기쁨을 그대들은 아는가
여름이 가는 것이 아쉬워
시끄럽게 떠드는
매미의 마지막 외침소리도
이제는 뒤안 길로 접어들고
행복은 기다린다
낭만의 가을날이 임박했다

웃음 소리 (2)

시월의 선선한 바람에 실려
소리가 들린다
창문 밖에 보이는
드높은 푸른 하늘에
소리가 울린다
온갖 색깔 단풍으로 물든
가을빛 산야에
소리가 퍼진다

그 소리에 노오란 국화꽃이
큼직하게 활짝 피었다

그 소리는 평화와 행복을 주는 소리

밝은 햇볕 속에
활짝 웃는 우리 손주들
아주 잘 웃는
예쁜 아이들에게
주님께서 복된 은총 주셨다

가을 단풍

우리 젊은 날들의 추상

청초한 어여쁜 꽃이
아름다운 가을 되어
또 다시 내 곁에 왔네.

노란 국화꽃
흰구름 푸른하늘
반갑다 정말 반가워
해가 갈수록 더욱 반갑다.

해맑은 가을 햇살에
눈부시게 반짝이는 강물따라
감미로운 추억을
세월은 알려주네

한해 또 한해
딛는 발자국마다
행복을 쫓고

곱디고운 가을 단풍 잎새들
우리 삶의 지난날을 추억하여
가을 단풍 든 우리들
멋지고 아름다운 그 자태가
기쁨을 안겨주어

유쾌한 가을날
오늘을 만끽하고
또한 하루를 감사하네

가을 산에 올라 보니

오! 청춘이여!
불타는 청춘이 산새 되어
창공을 껴안고
산허리를 돌아
오래간만에 기지개를 켠다

살아온 인생 회한의 단편들이
곱고 아름다운 단풍 되어
소슬바람에 우수수 휘날리어
낙엽 되어 수북이 쌓이는데
여전히 푸른 소나무는
그래도 꿈을 잃지 말라고
격려해주는구나

아! 세월이 가면
언젠가는 나도
이 찬란한 가을 산의
신선한 산바람 되어
기쁨 가득 찬 영혼으로
감사와 찬미를 드리며
영원을 노래하리라

추석 귀성歸城

흰구름 푸른 하늘 저 멀리에
꿈에도 그리는 포근한 고향이 있다네

아직은 푸른 산
황금색으로
물들어 가는
나락 여물어 가는
코스모스 들판

벗들은 아는가
반가움으로 깊어가는
우리의 행복이
그곳에 있음을

초가을
선선한 밤기운 받으며
밤새도록 이 얘기 저 얘기
오늘밤 실컷 아름다운 고향을 즐기리라

호박 넝쿨

도시의 빨간 기와지붕 위
널려진 호박넝쿨

눈부신 가을 햇살에
고향의 추억이
호박으로 영글어 간다

그 옛날 아득한
전원의 가을 향向해
꿈속에서 찾아 가면

논두렁 밭두렁에 그렇게 널려진
물밀듯한 정겨움의
호박넝쿨들은

샘솟듯 솟아오르는
사무친 그리움으로
참으로 서럽도록
가슴을 뭉클하게 하는
진하디 진한 향수鄕愁인 것을

겨울

겨울

한해를 보내고 새해를 맞으며

해후邂逅

웃음꽃

민속춤

나는 꽃 속에 살고 싶다

마음만 먹으면 항상 피는 꽃
계절에 상관없이 언제나 피는 꽃

겨울

짭짤하고 따끈하고 시원한 어묵 탕 국물 맛
집 앞 큰길 건너 골목 입구 노점상
나는 가끔 퇴근길에 거길 들러
어묵 두 꼬치를 국물을 곁들여 먹는데

어린 시절 바람 불고 몹시 추운 겨울날이면
학교 방과 후 집에 돌아가면
돌아가신지 어언간 10년이 넘어가는
모친께서 추운데 어서 오라시며 주시던
따끈하고 시원한 어묵탕 한 그릇

요즘은 가끔 혼자서 젊으신 우리 모친 만나러
포장마차 들러 어묵 탕 시켜 먹으며
그리운 그때 그 시절로 돌아간다오

한해를 보내고 새해를 맞으며

뜨거운 여름 한낮 열기에도
차디찬 한겨울밤의 한기에도
사납게 몰아치던 태풍에도
거세게 휩쓸어가는 비바람 눈보라에도
그래도 그렇게 잘 견디며
살아온 우리들의 지난 날들

가득찬 은총의 세월 속에
지극히 감사하는 우리들은
세월과 함께 더더욱 열심히
또 그렇게 더 잘 살아봅시다.

해후 邂逅

그리움의 텃밭에서
향내가 취하게 하는 오늘
만나는 기쁨으로 벅찬 가슴은 뛰고

상냥하게 따뜻함을 챙겨주는
곱고 아름다운 마음결에
어느덧 우리는 한마음 인생의 동지

이제 또 다시 헤어짐도
우리에게는 또 다른 만남의
진한 행운이 참으로 기대될지니

웃음꽃

꽃은 아름답다

꽃은 행복을 만들고
낙원을 만든다

나는 꽃 속에 살고 싶다

마음만 먹으면 항상 피는 꽃
계절에 상관없이 언제나 피는 꽃

웃음꽃 속에 사는 우리들은
참으로 축복받은 행복한 사람들

민속춤

아름다운 꿈의 환희가
나의 면전에서 물결칠 때
청춘은 나를 찾아오는가

마음에 쌓여있는 번민을
훌훌 털어버리는 생활의 방법인가
무념무상無念無想이 진정한 행복이라던가

행복한 마음으로 뛰어보자
맑은 마음으로 열심히 뛰어보자

뛰는 순간 행복하다
율동의 흐름에 맞혀
기가 막히게 추어보자

소설

소 년 과
노신사의
행복 동행

한참을 울며 외치며 기도 중이었다.
누군가 소년의 오른쪽 어깨를 가볍게 두드렸다.
"애야, 간절히 기도하는 너의 바람이 무엇이냐?"

소년과 노신사의 행복 동행

1.

가을 하늘 서편에 노을이 아름답게 빛나는 어스름 저녁 무렵에 한 소년이 코스모스가 만발한 천주교 사제司祭가 상주하지 않는 성당인 공소公所를 빠른 걸음으로 걸어가고 있었다.

평일이라 인적이 없는 공소 성전 출입문을 살며시 열고 맨 앞자리에 단정히 앉아 두 손을 모아 간절히 기도를 하기 시작했다.

"하느님! 저를 보살펴 주시고 저의 기도를 들어 주세요."

기도를 하는 동안 소년은 흐르는 눈물을 끊임없이 닦으며 뒤를 돌아보고 뒷자리에 아무도 없음을 확인한 후에는 엉엉 울며 큰소리로 외치면서 하소연하기 시작했다.

공소 근처에 있는 집에 누워있는 할머니 생각에 소년은 하염없이 눈물을 쏟았다. 노환으로 육신의 고통을 겪으며 손자가 오기

만을 기다리는 할머니와 다음 해에 초등학교에 입학하는 여동생 생각에 더욱 슬프게 눈물을 흘렸다.

소년은 초등학교 6학년이었다. 아빠는 2년 전에 돈 벌어 온다고 집을 나간 후 여태 소식이 없다. 엄마는 시내 공장에 새벽에 나가 날이 어둑해져야 집에 돌아왔다. 그 때문에 소년은 방과 후에 학교 근처 마트에서 다섯 시간 가량 잔심부름을 하고 집으로 돌아왔다. 귀가해서도 휘뚜루 마뚜루할 수가 없었다. 어제만 해도 그랬다.

"내년에는 중학교 진학해야 하는데 무슨 돈으로 중학교에 가느냐?"

엄마의 한숨 섞인 탄식 소리를 들었다. 소년은 불쌍한 할머니와 고생하는 엄마와 천진난만한 어린 여동생 생각으로 항상 마음이 천근만근 무거웠다.

한참을 울며 외치며 기도 중이었다. 누군가 소년의 오른쪽 어깨를 가볍게 두드렸다.

"애야, 간절히 기도하는 너의 바람이 무엇이냐?"

소년은 무심코 뒤를 돌아보았다. 언제 공소 성전 문을 열고 들어왔는지 점잖고 품위가 넘치는 멋진 노신사 한 분이 서 있었다. 순간 잠시 당황했지만, 다정스러운 할아버지 물음에 똑똑한 소년은 힘없이 대답했다.

"아빠는 안 계시고, 엄마 혼자 돈 벌어 네 식구가 겨우겨우 사는데, 내년에 중학교 갈 돈이 없어서, 중학교에 꼭 가게 해 달라고 하느님께 간절히 빌고 있는데요, 간절히 빌면 세상을 만드신 하느님께서 꼭 들어주신다고 신부님께서 가르쳐 주셨어요."

"아! 그러니? 그런데 네 생각과 행실과 말이 이를 데 없이 기특하고 착하고 똑똑하구나. 내 보기에 넌 예사롭지 않아 보이는구나. 아주 어여쁘다. 그래, 그런 네게 할아버지가 해 줄 것이 하나 생겼구나. 그걸 내가 해 주어야겠구나.

네가 중학교부터 대학교에 다닐 때까지 학교에 내는 돈은 모두 다 내가 내주겠다. 대신에 씩씩하고 힘차게 살고 열심히 공부하여 훌륭한 사람이 되어 이웃을 돕는 사람이 되어야 한다."

"네. 그런데 할아버지는 어디에 사시는 누구세요?"

"나는 서울 사는데, 공소 성모 동산에 활짝 핀 들국화와 마당 한 편에 만발한 코스모스가 너무 예뻐서 차 타고 지나가다가 잠시 들렀단다."

"아! 그러셨군요."

소년은 자신도 모르게 큰소리로 외치며 노신사께 허리를 굽혀 정중히 절을 했다.

"그렇게 해 주시면 하느님께서 제 기도를 모두 다 들어주시는 것인데요. 하느님 만세! 하느님 감사합니다! 그리고 할아버지 고맙습니다. 할아버지 말씀대로, 씩씩하고 힘차게 살고, 열심히 공부하여 훌륭한 사람이 되어 이웃을 돕는 사람이 꼭 되겠습니다."

소년과 노신사는 어느덧 초저녁 어둠이 내려앉은 공소 마당 벤치에 함께 앉아 선선한 가을 날씨 속 뒷산 숲속에서 풍겨오는 향긋한 숲 내음과 신선한 공기를 마시며 오랫동안 이 얘기 저 얘기를 나누었다. 그리곤 저녁 식사를 함께 하기 위해 노신사의 차를 타고 면사무소 소재지 장터에 있는 식당으로 향했다.

2.

소년은 노신사의 도움으로 다음 해에 중학교에 진학할 수 있었다. 그해 소년은 초등학교 전교 어린이 회장이었다. 겨울철 날씨로 유달리 바람이 세고 매섭게 차가운 그날도 등굣길에 항상 가는 집을 향했다. 할머니와 단둘이 사는 소아마비 후유증으로 다리를 저는 동급생 친구의 집이었다. 그 집에서 친구를 대동하고 학교로 향했다. 평소처럼 가방을 두 개 메고 친구를 부축하고 학교로 향했다.

소년과 친구는 학교에서 제일 공부를 잘했다. 둘은 단짝 친구였다. 학교 선생님도 재주 많고 공부를 잘하는 두 소년을 예뻐했다. 어려운 환경에도 쾌활한 아이들이 대견해서였다.

"선생님 안녕하세요?"

"날이 몹시 추운데 어서들 와라. 오늘 교장 선생님께서 너희들에게 줄 선물을 준비했단다. 어느 분이 내년에 중학교에 진학하는 너희 두 사람의 학비를 내주신단다."

그 말을 듣고 소년은 깜짝 놀랐다.

"아, 저는 서울 할아버지가 다 내주실건데요."

"처음 듣는데, 서울에 할아버지가 계시나?"

"네. 지난 가을에 천주교 공소에서 처음으로 만났어요."

"하하! 잘 됐구나."

"그럼, 저 대신 다른 친구 것을 그분이 내주시겠지요?"

"그래 그래야겠구나. 교장 선생님께 연락이 왔다는구나. 우리 고장을 위해 좋은 일을 하시는 아주 고마운 분이시다."

소년은 친구와 함께 너무 기뻐 감사하다는 말을 소리높이 외쳤다.

"와! 신난다. 우리도 씩씩하고 힘차게 살고 열심히 공부하여 훌륭한 사람들이 되어 이웃을 돕는 사람들이 꼭 되자꾸나."

그 후 며칠이 지난 후 일과가 끝날 무렵이었다. 선생님이 소년과 친구와 또 다른 친구를 따로 불러 교장실에 함께 가자고 말하였다. 그들은 선생님을 따라 교장실에 갔다. 손님이 와 계신 듯했다. 그런데 아니, 그분은 공소에서 만난 그 노신사 할아버지가 아닌가. 그분은 의자에 앉아 교장 선생님과 이야기를 나누고 있었다. 화들짝 놀란 소년이 할아버지에게 인사를 했다.

"아! 할아버지 여기에 어쩐 일로 오셨어요?"

"하하하! 네가 보고 싶어 왔단다."

교장 선생님과 선생님도 놀란 표정이었다. 선생님이 소년에게 물었다. "너는 이분을 어떻게 아느냐?"

"지난 가을에 천주교 공소에서 처음 만난 할아버지예요."

얼마 전 서울에 사는 분으로부터 교장 선생님에게 전화가 왔었다고 한다. 그 학교에 경제적으로 어려워 도움이 필요한 6학년 학생 두 명을 추천해주면 중학교 학비 전액을 지원하겠다는 뜻을 밝히는 전화였다.

"아하! 할아버지셨구나. 우리 친구들 중학교 학비까지... 우리 세 친구, 씩씩하고 힘차게 살고 열심히 공부하여 훌륭한 사람들이 되어 이웃을 돕는 사람들이 꼭 되자."

똑똑하고 착하고 성실한 소년은 두 친구를 바라보고 또 한 번 굳게 다짐을 했다.

세 친구가 교장실을 막 나서는데 마침 하늘에서는 함박눈이 펑펑 쏟아지고 있었다. 시나브로 교정과 온 세상이 하얀색 눈으로 뒤덮였다.

세 친구는 교실로 돌아가 가방을 챙겨 다시 교장실로 갔다.

벅찬 기쁨으로 가득찬 세 친구는 기다리고 있는 노신사 할아버지와 교장 선생님 그리고 선생님과 함께 어느덧 그친 함박눈이 하얗게 덮인 미끄러운 길을 조심조심 걸어서, 학교 근처 식당으로 향했다.

3.

소년과 두 친구는 노신사의 도움으로 시내에 있는 명문 중학교에 진학했다. 소년은 초등학교 시절 방과 후 마트에서 다섯 시간 가량 잔심부름하던 일을 중학교 진학과 동시에 그만두었다. 면사무소까지 들어오는 시내버스를 타고 세 친구는 중학교에 다녔다. 그들은 셋이 같은 반이었다.

어느덧 중학교 2학년이 되었다. 모두 공부를 열심히 하여 반에서 일등을 두고 앞서거니 뒤서거니 다투었다. 소년의 권유로 두 친구도 영세를 받았다. 그리고 주일날엔 천주교 공소에 가서 모두 함께 미사 참례를 했다. 소년은 미사 참례 시 신부님을 도와 예식을 보조하는 봉사인 복사를 했다. 공소의 신자 수는 대략 100여 명 가량 되었다. 미사가 끝나면 가족 같은 분위기에서 모두 함께 식사를 했다. 이때가 소년에게는 가장 행복한 시간이었다. 엄마도 여동생도 그런 것 같았다. 그러나 집에 누워있는 할머니를 생각하면 마음이 아팠다.

엄마는 아침저녁으로 기도를 열심히 했다. 소년도 '주님의 기도', '성모송', '영광송'을 엄마와 함께 큰소리로 외며 기도했다. '엄마는 기도하시며 무엇을 바라시는 걸까?'

소년은 궁금했다. '아빠가 빨리 돌아오시라고 기도하시는 걸까?' 엄마에게 넌지시 물었다.

"엄마는 기도하시며 뭘 간구懇求하시는 건가요? 아빠 빨리 돌아오시라고 비나요?" 그러자 엄마가 환하게 웃으며 답했다.

"그래, 그것도 빌지만, 우리 식구들을 위해 기도하지."

그래서 그런지 얼마 전에 그토록 기다리던 아빠의 소식이 왔다. 강원도 고성에서 어선을 타고 바다에서 고기를 잡는다고 했다. 아빠는 집 떠난 지 거의 4년 가까이 되었지만, 수입이 적었다. 그나마 조금씩 모았던 돈도 사기를 당해 몽땅 날리고, 돈도 많이 못 벌어서 가족들에게 면목이 없어 연락도 못했다고 했다. 그 무렵, 어느덧 초등학교 2학년이 된 여동생도 '주님의 기도'를 잘 외웠다. 할머니는 항상 묵주를 손에 쥐고 계셨다.

창밖에는 어느덧 봄을 알리는 산수유꽃이 피더니, 매화꽃과 벚꽃이 흐드러지게 피기 시작했다. 소년은 집 뒷산을 혼자 자주 오르곤 했다. 오솔길을 걸으며 봄의 정취를 만끽했다. 민들레꽃, 목련꽃, 개나리꽃, 진달래꽃, 배꽃, 복숭아꽃, 살구꽃, 라일락꽃, 영산홍, 철쭉 등 봄꽃들이 지천이었다. 뒷산에는 6년 전에 돌아가신 할아버지 산소가 늘 소년을 반겼다. 그곳에 갈 때마다 소년은 정중히 엎드려 절했다.

면사무소에서는 소년에게 가을부터 할 일을 주고 얼마간의 수고료를 주었다. 일요일이면 면에 사는 독거노인들에게 면사무소에서 주는 도시락을 리어커로 배달하는 일을 했다. 오랫동안 병환 중인 소년의 할머니도 포함되었다.

"할머니! 도시락 드세요."

"우리 예쁜 손자가 이제 다 컸구나, 고맙다."

도시락을 배달한 지도 벌써 6개월이 지나가고 있었다. 면장과 면사무소 직원들이 착하고 성실하며 똑똑한 소년을 귀여워하고 예뻐하며 대견해 했다.

소아마비 후유증으로 다리를 저는 단짝인 소년의 친구는 할머니와 단둘이 살며 정부에서 주는 연금으로 가까스로 경제생활을 해결해 나갔다.

어느 날 단짝 친구가 방과 후에 집 문을 들어섰다. 그런데 집 문 안쪽 바닥에 봉투가 떨어져 있었다. 봉투에는 단짝 친구 이름이 적혀있었고 돈다발이 들어있었다. 생활에 보태쓰라는 문구도 적혀있었다. 세어보니 50만 원이나 되는 큰 액수의 돈이었다. 어디서 불어왔는지 따사로운 봄바람이 꽃향기를 동반하여 단짝 친구의 얼굴을 스치고 지나갔다. 누가 보냈는지 고맙기 그지없었다.

면장이 소년에게 줄 정부 장학금을 소년 모르게 알아보고 있었다. 정부 장학금 50만 원을 확보하여 받아서 소년에게 주었다.

"면장님! 감사합니다. 씩씩하고 힘차게 살고 열심히 공부하여 훌륭한 사람이 되어 이웃을 돕는 사람이 꼭 되겠습니다."

항상 소년은 노신사 할아버지와 한 약속을 잊지 않았다. 소년은 이 돈을 자신을 밝히지 않고, 남모르게 단짝 친구에게 준 것이 었다.

단짝 친구도 영리하고 똑똑했다. 봉투에 적혀있는 글씨를 보니 낯이 익었다. 자세히 보니 소년의 글씨에 틀림이 없었다. 소년이 정부 장학금 50만 원을 받은 걸 알고 있는 단짝 친구였다.

"아하! 이 친구가 나를 위해 선행을 했구나."

다음날 소년을 만난 단짝 친구는 덥석 소년의 손을 잡았다.

"고맙다 친구야! 이렇게 귀한 큰돈을 내게 주고..."

"어떻게 알았어?"

"네 글씨 보고 알았지."

"아하! 역시 너는 똑돌이야. 하하!"

"네가 항상 말한 대로 우리 씩씩하고 힘차게 살고 공부 열심 히 하여 훌륭한 사람이 되어 남을 돕는 사람이 꼭 되자."

동쪽의 일출이 아름다운 하늘 아래 온갖 꽃들이 만발한 따사 로운 봄날 아침에 마냥 행복한 마음으로 두 소년은 시내버스를 타고 시내에 있는 중학교를 향했다.

4.

종달새가 봄 하늘에 넘놀더니, 차츰 산천이 초록빛으로 바뀌며, 앞 평야 논에서는 벌써 뜸북새의 뜸북 소리가 들려왔다. 뒷산 숲 속에서도 뻐꾹새의 뻐꾹 소리가 조용한 전원에 울려 퍼지기 시작했다. 늦봄의 5월 말 날씨는 맑고 푸른 하늘과 조각구름이 마냥 평화로웠다. 게다가 밝은 햇살이 눈부시게 아름다운 세상을 만들고 있었다. 농부들은 모내기 준비로 한창 바쁜 때가 온 것이다.

　강원도 고성에서 어선을 타고 고기를 잡는다는 아빠가 돈 500만 원을 보내와서 3년 가까이 병석에서 거동이 불편한 할머니가 시내 종합병원에서 검사를 받게 되었다. 뇌질환, 간질환, 허리질환 등 여러 군데가 아파서 입원도 하고 치료도 받았다. 500만 원을 거의 다 쓴 셈이었다. 그런데 허리는 수술을 받아야 해서 또 수술비 500만 원 가량이 더 필요했다. 엄마가 시내 공장에서 받는 월급은 할머니 약값과 집 월세를 포함하여 생활비로 다 빠져나갔다. 그래서 할머니의 수술비가 없어 수술을 못 받는 상태였다. 그래도 소년은 다리를 저는 단짝 친구보다는 그나마 자기 처지가 훨씬 낫다고 생각했다. 소년은 항상 하느님께 감사하며 살아갔다.
　신록의 푸르름이 싱그럽고 햇볕이 따사로운 어느 날 오후였다. 서울 사는 노신사 할아버지가 학교를 찾아왔다. 소년과 두 친구에게 선물을 한 보따리씩 안겨주었다.
　"할아버지 감사합니다."
　"그래 요즘 별일 없느냐?"
　"아빠한테서 연락이 오고 돈도 500만 원 보내 주셨어요"
　"아, 그래, 대단히 좋은 일이다. 할머니는 좀 어떠시냐?"
　소년이 오랫동안 병환 중인 할머니를 항상 걱정하며 마음 아파하는 것을 잘 아는 노신사였다.

"할머니는 아빠가 보내주신 돈으로 치료받아 많이 좋아지셨어요."

"하하하! 아주 좋은 일이다."

노신사는 소년과 두 친구를 승용차로 각자의 집에 데려다주고 마지막으로 소년의 집에 들렀다. 할머니를 보니 얼굴은 밝고 혈색이 좋아지긴 했지만, 허리질환으로 여전히 거동하기가 어려웠다.

"아직 할머니가 거동이 불편하신데 병원에서 뭐라고 하느냐?"

"허리 수술받으시면 좋아질 수 있다는데요. 아빠가 또 돈 보내주시면 수술 받으신대요."

"어느 병원에서 수술 받으실 거냐?"

"시내에 있는 파티마 성모병원이예요."

"아, 그래, 그럼 나중에 또 보자. 씩씩하고 힘차게 살고 열심히 공부하여 훌륭한 사람이 되어 이웃을 돕는 사람이 되고, 매일 아침저녁으로 기도하는 것 항상 잊지 말기를 바란다."

"네, 할아버지, 잘 알고 있고요. 또 그렇게 하고 있어요."

노신사는 소년과 그의 여동생의 배웅을 받으며 소년의 집을 떠난 승용차가 서울로 향했다.

그런 어느 날, 파티마 성모병원 원무과에서 소년의 엄마에게 전화가 왔다. 할머니 이름을 찾으며 수술과 입원 준비가 다 됐으니 언제 올 거냐고 물었다.

"아니, 아직 신청도 안 했는데요."

"예? 모든 비용은 이미 지급됐는데 빨리 오세요."

"아, 예?"

엄마는 그만 깜짝 놀랐다.

"누가 비용을 지급했어요?"

병원 원무과 직원은 지급인 이름을 알려주었다. 다름 아닌 노신사 어르신이 아닌가. 엄마는 자신의 아들 학비를 내주시는 분이 또 이렇게 배려를 해 주시니 숨이 막힐 정도로 고마웠다. 그리고 마음속으로 다짐했다.

"우리 자식들 잘 키워 어르신께 꼭 보답해야지. 하느님! 예수님! 감사합니다."

엄마는 다음 날 아침에 할머니를 휠체어에 태우고 병원 원무과를 찾았다. 원무과 직원이 그네에게 말했다.

"지급하신 분 성함과 전화번호입니다. 수술과 입원 총결산 후 부족분을 이분이 마저 지급하신답니다."

엄마는 자신도 모르게 중얼거렸다.

"어르신 고맙습니다. 항상 말씀하신 대로 자식들 훌륭하게 키워 이웃을 돕는 사람들이 되도록 교육하겠습니다. 저도 열심히 살겠습니다."

그날따라 병원 원무과 창 너머로 보이는 잘 가꾸어진 빨간 장미꽃 하얀 장미꽃들이 엄마에게는 여느 날보다 유달리 더 예쁘고 아름답게 보였다.

할머니는 즉각 입원 후 수술을 받았다. 수술한 의사는 수술이 성공적으로 잘 됐고 3개월 후에는 정상적인 거동이 가능할 것이라 장담하듯 말했다. 할머니가 퇴원하는 날 토요일 정오 가까운 오전 시간에 소년과 그의 여동생은 엄마를 따라 병원으로 갔다. 퇴원한 할머니와 엄마와 소년과 여동생 네 식구는, 조금씩 풀려나가는 소년의 가정과 미래에 대한 벅찬 희망을 안고, 기쁨이 가득 찬 마음으로 5월의 찬란한 햇살을 받으며 여동생이 크게 좋아하는 짬뽕을 사 먹기 위해 중국 식당으로 향했다.

5.

연두색 청포도와 고추의 푸른 열매가 익어가는 7월 초순이었다. 조용한 시골길의 잎새가 푸르고 무성한 가로수들이 생동하는 계절이 찾아왔다. 초록색을 지극히 좋아하는 소년에게는 조금 덥기는 하지만, 초여름 싱그러운 초록빛 세상이 참으로 좋아 보였다.

소년은 이제 어엿한 중학교 3학년이 되었다. 학교 공부를 잘해서 항상 3학년 전체 1등을 다투었다. 다리를 저는 단짝 친구도 공부를 잘해 소년과 1등을 겨뤘다. 두 소년은 막상막하였다. 그런데 단짝 친구는 할머니와 단둘이 살며 매우 궁핍했다. 그래도 할머니가 식당에서 알바도 하며 열심히 살았다. 고생 끝에 낙이 있다는 말을 굳게 믿고 있었다.

강원도 고성에서 어선을 타고 고기 잡는 아빠가 4년 만에 집에 왔다. 수입도 적은데 그동안 모았던 돈을 사기를 당해 몽땅 날리기도 했지만, 그래도 모은 돈 1,000만 원을 가지고 왔다. 별다른 건강에 이상이 없으니 그것만으로도 다행한 일이었다. 아직 아빠는 영세를 받지 않아 천주교 신자는 아니었다. 보름 동안 쉬고 또다시 강원도 고성으로 돌아간다고 했다. 그런데 가만히 보니 아빠는 술 담배를 너무 즐긴다. 소년과 가족들이 줄이라고 조언을 하였지만, 아빠는 그저 웃기만 했다. 그래도 소년은 끈질기게 졸라서 줄인다고 약속을 얻어냈다.

　　그날은 일요일이었다. 허리 수술을 받은 할머니는 조금씩 거동을 하였다. 공소 성당을 걸어서 가기에는 아직 무리여서 휠체어로 이동하여 할머니, 아빠, 엄마, 여동생과 함께 소년은 미사 참례를 하고 아빠를 신부님에게 소개시켜 드렸다.

　　여느 일요일과 다름없이 신자들과 함께 아침 식사를 했다. 소년에게는 제일 좋아하고 행복한 시간이었다. 특별히 아빠가 함께하니 이루 말할 수 없이 행복한 시간이었다. 기쁨은 거듭된다고 했던가, 아빠가 시내 식당에 가서 불고기를 사와서 점심 식사를 가족들이 함께 하기로 한 것이다.

　　소년은 천주교 공소에만 가면 노신사 할아버지가 더욱 그립고 보고 싶었다. 그 날도 소년은 공소에서 노신사와 한 약속을 되새기며 중얼거렸다.

"씩씩하고 힘차게 살고 열심히 공부하여 훌륭한 사람이 되어 이웃을 돕는 사람이 꼭 되겠습니다."

그의 입에서는 익히 간구하던 약속의 말이 절로 나왔다.

시내에 있는 중학교를 세 친구는 노신사 덕분으로 학비 걱정 없이 다니고 있었다. 일요일이면 함께 미사 참례를 했다. 시내버스 기사들도 세 친구를 만나면 늘 덕담을 주며 예뻐했다. 인사도 공손히 잘하고 예의가 바르기 때문이었다. 세 친구는 남다르게 공부도 잘하고 예의가 바른 소년들이었다. 교장 선생님과 교감 선생님을 포함한 모든 선생님들에게 사랑을 받았다. 또한 동료 학생들에게도 인기가 좋았다. 모두가 과외 활동으로 문예반원들이었다. 아름다운 글을 지어 세상을 밝게 하고 싶은 열정을 갖고 있기 때문이었다. 세 친구는 이것도 이웃에 대한 봉사의 한 방편이라고 생각했다. 그들은 시간만 나면 학교 도서관에서 나란히 책들을 탐독했다.

6.

소년의 시선이 나락이 자라는 초록빛 들판을 바라보고 있었다. 푸른 하늘을 바라보며 노신사 할아버지를 만난 후 잘 풀려나가는 생활이 너무 좋고 신나서 감사기도를 했다. 두 손을 모아 하느님께 큰소리로 감사기도를 드렸다.

"하느님! 감사합니다. 그리고 서울 할아버지! 사랑합니다. 보고 싶어요."

생동하는 싱그러운 자연과 눈부신 햇살이 소년의 외침을 반겨
주고 있었다. 높고 푸른 하늘에서는 그의 기도에 응답하시는 말
씀이 들리는 듯했다.

"올바른 마음으로 간절히 기도하면 꼭 이루어진다."

친　구
김봉기의
첫 사 랑

정문 앞 고급 주택에 사는 그녀를 생각하며
가끔 정문 쪽을 바라보는 것이 습관이 되었다.
도시락을 비우면서도 가끔씩 정문 쪽을 바라보았다.

친구 김봉기의 첫사랑

북악산 아래 청운동 길가에 이팝나무 꽃들이 흐드러지게 피어 산들바람에 흔들거리고 있었고 영산홍꽃들이 새빨간 자태를 뽐내고 있던 푸른 5월의 어느날, 착하고 성실하고 부지런한 명문 고교생 김봉기는 학교 앞에서 누군가를 기다리는지 학교를 들어가지를 않고 학교 앞을 서성이고 있었다.

그의 가슴은 두 방망이로 두들기듯 퉁탕거리고 있었다.

높고 푸른 하늘과 흰 조각구름이 오늘따라 유난히 아름답고 봄날씨답게 날씨는 맑고 화창하고 온화한데 꿈 많은 고교생 김봉기의 청춘은 신록과 더불어 진행 중이었다. 그의 마음에는 그녀를 보고 싶다는 간절한 외침으로 가득했다.

"시간에 맞춰 일찍 왔는데, 왜 아직 안 보이지? 나올 때가 됐는데…"

하지만 등교 시간이 너무 일렀는지 학생들은 물론, 호랑이 처럼 무서운 훈육 교사 맹동호 선생님도 아직 보이지 않았다.

조금 더 서성이자 이윽고 그녀가 집에서 나왔다. '아휴! 진짜 예쁘네.' 제 눈에 안경이었다. 명문 여고생 정영숙이다. 그녀를 보려고, 그냥 보기만 하려고, 남보다 일찍 등교하고 그녀를 보면 마냥 기쁘고 힘이 솟아 하루가 즐겁고 힘차기 때문이다.

그녀를 처음 본 후 두 차례 더 보았지만 그 뒤로 그녀를 안보면 하루가 허전했다.

'거의 매일 등굣길에서 만나는데 그녀는 나를 알고 있을까?' 그런 기대를 가졌다. 봉기는 그녀를 만날려고 남들보다 더 일찍 등교를 했다.

그러구러 어언간 1년 가까이 시간이 흘렀다. 그러다보니 그는 같은 학년에서 제일 일찍 등교하는 학생이었다. 한덕현 담임 선생님은 그런 그의 부지런함을 칭찬하고 제일 사랑했다. 공부도 잘하는 모범생이었다.

학교 정문으로 들어가면 바로 오른쪽에 꾀꼬리 동산이 있었다. 봉기는 그날도 도시락을 들고 단짝 친구인 김수일과 함께 점심시간에 그곳을 찾았다. 학교 뒤편에는 북악산이 위용을 자랑했고 그는 그런 산을 닮고 싶었다. 거기서 먹는 점심 식사는 유별했다. 정문 앞 고급 주택에 사는 그녀를 생각하며 가끔 정문 쪽을 바라보는 것이 습관이 되었다. 도시락을 비우면서도 가끔씩 정문 쪽을 바라보았다. 예쁜 그녀가 오늘은 혹시 일찍 귀가하지 않을까 하는 기대도 했다

어느 날인가. 그가 교실 창문 밖 정문 쪽에 시선을 두고 멍하니 바라보고 있자니 누군가 그의 왼쪽 어깨를 두드렸다. 같은 반 반장 김영록이다.

"뭘 그렇게 뚫어지게 보고 있니?"

"아! 꾀꼬리 동산에 녹음이 짙어가네."

눈치 빠른 영록이 대뜸 대답했다.

"너 요즘 여학생 사귀니? 지금 너, 상사병 걸린 사람처럼 보여. 하하!"

순간 봉기는 당황하여 손을 내저으며 극구 아니라고 변명했다.

그날은 미술 시간이었다. 이원용 미술 선생님은 학생들이 그림을 그리게 한 후, 각자 자신이 그린 그림을 10명씩 앞에 나가 들고 있게 하였다. 그리고는 교실 뒤쪽에 서서 평가를 하였다. 특선 후보, 입선 후보, 낙선 후보 세 가지로 평가를 하였다. 봉기는 맨날 낙선 후보이었고, 같은반 친구인 봉현수, 신중덕, 조경철은 맨날 특선 후보였다.

'나는 왜 미술에 소질이 없을까?' 이상하네. 그게 궁금했다.

음악 시간이었다. 박주두 음악 선생님은 성질이 괴팍하여 노래

를 잘못 부르면 손바닥이나 막대기로 사정없이 학생을 때렸다. 그런 어느 날 선생님이 피아노를 치고 봉기와 수일이는 피아노 양쪽에 서서 그동안 배운 노래를 불렀다. 둘이 노래를 열심히 부르고 있자니, 선생님이 피아노 반주를 갑자기 멈추었다. 그리고는 한동안 가만히 앉아 있었다. 순간 두 친구에게 이루 말할 수 없는 공포가 엄습해 왔다. 아니나 다를까. 선생님이 자리에서 막대기를 들고 벌떡 일어나자마자 봉기를 때렸다. 그 틈새에 수일은 도망을 쳤다. 다행히 선생님은 수일을 끝까지 쫓아가지는 않았다.

'변달섭, 채정병, 한동훈은 배운 노래들을 잘 부른다고 늘 선생님께 칭찬받는데 나는 왜 음악에 소질이 없을까?'

이상하네.

그게 또한 궁금했다.

독일어 시간이었다. 독일어 선생님은 훈육교사 맹동호 선생님이었다. 체육을 가르치다가 어느 날부터 갑자기 독일어를 가르치었다. 시험 시간에는 교실 교단 위 높은 탁자위에 올라가 서서 내려다보며 시험 감독을 하였다. 독일어 발음이 안 좋은 봉기가 독일어를 읽으면 선생님은 "발음이 이상하네."하며 그의 옆을 천천히 걸어지나갔다.

'얌전한 김대영은 독일어 발음이 좋다고 선생님께 칭찬받았는데 나는 왜 독일어 발음이 안 좋을까?'

이상하네.

그것 역시 궁금했다.

봉기는 문예반원이었다. 문예반 반장은 김상배였다. 5월의 푸르름이 싱그러운 어느날 토요일 오후, 서울 시내 남녀 6개 명문 고교 문예반원들이 녹음이 우거진 꾀꼬리 동산에 모여 시 낭송회를 갖기로 했다. 봉기도 자작시 한 수를 지어 낭송 준비를 하고, 그 시간에 맞춰 꾀꼬리 동산으로 갔다. 남녀 학생들이 벌써 여러 명 와 있었다.

문예반 반장인 상배가 봉기를 반겼다. 그런데 와! 이게 도무지 어떻게 된 일인가?

정영숙이 그녀의 학교 친구들과 이야기를 하고 있지 않은가. 혼비백산 너무 당황하여 어쩔 줄을 몰랐다. 그래도 용기를 내어 영숙 앞을 지나가는데 전혀 아는 척을 하지 않았다. 아이쿠! 실망이네. 봉기는 그로 인해 다소간 슬프고 아픈 마음으로 자작시 한 수를 낭송하고 연단에서 내려왔다.

영숙도 자작시 한 수를 낭송하고, 연단에서 내려와 얌전히 자리에 앉았다. 고교 2년생 봉기의 청춘 열정은 그를 영숙의 옆자리에 가서 앉게 하였다.

"저를 모르시겠어요?"

"실례지만 누구시죠?"

순간 봉기의 가슴은 철렁 내려앉았다. 눈물마저 나오려고 했다. 거의 1년을 등굣길에서 만났는데 모른다니 젊은 베르테르의 슬픔을 봉기는 생생히 맛보고 있었다.

"등굣길에 거의 매일 만났는데 모르시겠어요?"

"하하! 저는 땅만 보고 다녀서 모르겠는데요."

그러나 봉기는 이 좋은 기회를 놓칠 수가 없었다.

"아까 시 낭송 너무 좋고 감동적입니다. 진한 감동이 가슴에 와 닿던데요."

솔직히 봉기는 그녀의 시 낭송을 듣기보다는 그녀와 인연을 맺는 방법에만 몰두하고 있었다. 솔직히 그녀의 시 낭송은 건성으로 들었다.

"다음 주 토요일 오후 2시에 저희 학교 앞 빵집에서 만나 문학에 대해 이야기를 하고 싶은데 가능할까요?"

이 말을 들은 영숙이 봉기를 보며 미소를 지었다.

"그러죠. 꼭 잊지 말고 만나요."

의외로 너무 상냥한 영숙이 고마웠다. 상상 밖의 일이 일어난 것이었다. 봉기에게 생전 겪어보지 못한 기쁨이 몰려왔다. 귀가하였지만 도무지 식사 생각도 없고, 저녁에 잠도 오지 않았다. 때마침 보름 달빛이 휘영청 그의 방 창문을 통해 그윽하게 비추어 그의 마음을 가득히 행복으로 채워주었음은 물론이다.

그 후 일주일에 한 번씩 토요일 빵집에서 만나 주로 길을 걸으며 데이트를 즐겼다. 봉기는 용돈이 부족해 어머니에게 사정하여 그런대로 채워갔다. 그런지 대략 두 달만에 영숙이 백혈병인 혈액

암으로 병원에 입원하였다. 초기 발견이었지만 장기간 치료를 받아야 하는 위험한 병이었다.

영숙의 부친은 출판사와 인쇄소를 운영하여 집이 부유했다. 병원비 걱정은 없어도 1년 휴학을 할 수밖에 없었다. 영숙이 치료를 받고 봉기는 고교를 졸업하고 치의과 대학에 입학하였다. 영숙은 다행히 완치되어 고교에 복학한 후 졸업후 간호과대학에 입학했다. 영숙이 고교 시절 1년 휴학을 해서 대학 학년은 봉기가 1년 선배였다.

봉기는 병역의무 해결을 대학 졸업 후 군의관으로 갈 계획이었으나, 대학 3학년 말에 민주화 운동 데모 앞장서다가 경찰에 사진 찍혀 사병으로 강제 징집을 당했다. 봉기의 고교 동기동창 친구 박창현 역시 민주화 운동 데모에 가담했다가 비슷한 시기에 경찰에 사진이 찍혀 강제 징집을 당했다.

군대 생활 3년 영숙이 기다려 줄까? 사귄지 4년이 넘었는데 기다려 줄까? 세태를 보니 어려울 것만 같았다. 그래서 봉기는 입대 전 영숙에게 기다려달라고 말도 하지 못했다. 영숙은 훈련소로 입대하는 봉기를 기차역에서 눈물로 전송하였다.

당시 군대생활은 기합과 폭력이 난무했다. 하지만 봉기는 잘 참고 견디었다. 영숙으로부터 거의 일 주일에 한 번은 편지가 왔다. 그때마다 군대 내무반원들은 봉기를 엄청나게 부러워했다.

어느덧 대학을 졸업하고 병원에 간호사로 취직한 영숙이 사전 연락도 없이 면회를 왔다. 웬일인가? 그녀의 부모님들이 대학 졸업 후 일 년이 되어 가는데 왜 시집 안 가느냐고 독촉이어서 견딜 수가 없다고 했다. 참으로 난감한 일이었다. 봉기는 제대 후 복학 후 3년을 더 대학을 다녀야 하는 형편이었다.

그러구러 봉기가 제대를 하고 대학에 복학했다. 영숙의 부친 친구 아들이 대기업에 재직 중이었다. 거의 강제로 부친이 결혼을 강요했다. 봉기는 포기할 수밖에 없는 처지에 놓였다. 어느 날 영숙이 우리가 도망가자고 제안했다. 그러나 착하고 성실한 봉기는 그럴 수는 없었다. 영숙의 부친을 만나기로 했다. 의외로 친절한 분이었다.

"따님과 결혼하고 싶으니 허락해 주십시오."

라고 간곡히 청했다. 그러자 영숙의 아버지는

"진작에 나를 찾아 그렇게 말했어야지. 허락할테니 당장 결혼하게." 화통한 분이었다.

"네. 감사합니다."

이후, 일사천리로 두 사람의 혼인이 진행되었다. 고교 동기동창 내 친구 김봉기의 첫사랑이자 마지막 사랑 이야기는 이렇게 해피 엔딩으로 막을 내리고, 지금 그는 손주들의 사랑을 받는 노신사 할아버지가 되었다.

점잖고 품위가 넘치고 친구들에게 화를 낸 적이 없는 자랑스러운 친구다. 언제나 변함없이 상냥하고 친절하고 겸손하며 아무리 친한 친구들에게도 예의를 갖춰 말하며 존중하여 비속어를 전혀 안 쓰는 기품있고 사랑받고 존경받는 친구이다. 주위 사람들이 모두 그를 좋아함은 물론이다. 은퇴는 했지만 요즘 그는 독실한 천주교인 부부로서 아내 영숙과 함께 틈만 나면 무료 진료 봉사를 열심히 다닌다. 이웃 사랑을 실천하는 모범적인 사람이다.

조경철과 황해두가 공동 회장인 약 70명의 고교 동기동창 소모임, 즉 국가와 국민, 특히 후손들을 위하여 관심을 갖고 노력을 하자는 목적의 '대 경복 사랑방'(약칭: 대경사)의 멤버이기도 하다.

예로부터 "인생에서 최후에 웃는 자가 인생 최고의 승리자이고, 인생 최고로 성공한 사람"이라고 하는데 과연 내 친구 김봉기가 바로 그런 사람인 것이다*

수필

초 록 빛
인 생

인연은 우연히 찾아왔다.
두 사람은 열흘에 한번쯤 만나 데이트를 즐겼다.
커피값을 아끼려고, 거리를 걷거나,
잠시 공원 벤치를 이용하곤 했다.

초록빛 인생
우리 젊은 날의 인연

젊음의 광장이라 할 대학컴퍼스에 시나브로 봄이 오는가. 울긋
불긋한 기화요초琪花瑤草들이 나보란 듯 아름다운 자태를 뽐낸다.
하지만 아직 제 모습을 들어내지 못하고 움츠린 자세로 때를 기
다리는 이들도 더러는 있다. 하지만 저들도 언젠가는 초록색으로
물들일 날이 있지 싶다. 돌아보면 내 삶도 초록빛이었다.

도서관에서 나온 한 젊은이가 잔디밭 옆길로 급히 뛰어갔다. 이
승규라는 대학생이다. 방금 도서관에서 나온 그는 벚나무 아래
벤치에 앉아 누군가를 기다리는 듯했다. 잠시 후 책 한 권을 왼쪽
가슴에 껴안은 여대생 박숙영이 천천히 발걸음을 옮겨 남학생에
게로 다가왔다. 옷차림이며 몸맵시가 사뭇 단정해 보였다.
　높고 푸른 하늘이 두 젊은이들의 가슴에 크나큰 꿈과 희망을

가득히 안겨주려는가. 젊은이는 그녀만 보면 세상천지가 그렇게 아름다울 수가 없다. 가슴이 퉁탕거리는 것을 그는 억제하며 가까이 온 숙영에게 한 마디 건넸다.

"숙영씨, 며칠 동안 바빴어요?"

"아니요. 승규씨는요?"

"바쁘지 않았어요 하하!"

그렇게 말하지만 마음속으로는 '그대만 생각했어요'라고 말하고 싶다. 지난번 숙영을 만난 후 보고 싶은 생각으로 시간이 어찌 후딱 지나가는지도 모른다.

승규는 부친이 일찍 돌아가시고 홀어머니 슬하에 네 남매의 맏이였다. 집안이 기울어 가세가 무척이나 어려웠다. 반면에 숙영은 부유하고 명망있는 집안의 셋째딸이었다. 그들은 서로 다른 대학엘 재학하고 있었다. 승규는 법학과 학생으로 사법시험 준비를 위해 도서관에서 살다시피했고, 숙영은 가정학과 학생으로 교사가 되는 게 꿈이었다.

두 사람은 벤치에 나란히 앉았다. 그리 많은 이야기가 오가지는 않았다. 이심전심으로 가슴에 품은 이야기가 전달되는 듯 함께만 있어도 포근하고 즐거웠다.

그날따라 금잔디 광장에는 학생들이 모여 박정희 대통령에게 민주화를 촉구하는 집회가 열리고 있었다. 이즈막 집회와 데모로 모든 강의는 휴강이었다. 법학과 과대표를 맡고 있는 승규는 자연 집회에 참석해야 했다. 하지만 숙영을 만나 데이트하는 것이 더욱 좋았다.

잠시 후 학생들이 집회를 마쳤는가. 교문쪽으로 현수막을 들고 몰려나가기 시작했다. 이내 캠퍼스가 적막감에 휩싸였다. 두 사람은 시위 현장과 떨어진 법정대학 건물의 빈 강의실로 자리를 옮겼다. 음악을 좋아하는 바리톤 미성美聲인 승규가 유행가 '얼굴'을 나직이 부르기 시작했다.

"동그라미 그리려다 무심코 그린 얼굴/ 내 마음 따라 피어나던 하얀 그때 꿈을/ 풀잎에 연 이슬처럼 빛나던 눈동자/ 동그랗게 동그랗게 맴돌다가는 얼굴// (…)"

마침 강의실을 지나가던 법학과 입학 동기가 그의 노랫소리를 듣고는 끝나자마자 박수를 치며 그네에게 다가갔다. "아이구! 저 친구에게 우리 데이트 장면 들켰네 흐흐."

대학 3학년인 승규와 1학년인 숙영은 지난봄 동아리 모임에서 처음으로 인사를 나누었다. 승규의 시선을 사로잡은 숙영의 모습은 군계일학이었다.

활짝 핀 하얀 장미꽃처럼 청초하고 가을에 핀 노오란 국화꽃처럼 맑고 예뻤다. 제 눈에 안경이라 했던가? 그녀는 천사처럼 아름다웠다.

인연은 우연히 찾아왔다. 두 사람은 열흘에 한번쯤 만나 데이트를 즐겼다. 커피값을 아끼려고, 거리를 걷거나, 잠시 공원 벤치를 이용하곤 했다. 손을 잡고 걸으면 선남선녀 다정한 연인으로 보였는데 처음 한동안은 손목 한 번 잡아보지 못한 부끄러운 사이였다.

승규는 법학과 과대표이기도 했다. 어느 초가을 날 집회에서 법학과 과대표이니 한마디 하라고 학우들이 재촉하였다. 그는 '민주화가 왜 되어야 하는지 그 이유'를 짧게 역설하고 연단에서 내려왔다. 그런데 학우 선후배들이 그에게 현수막을 들고 데모에 앞장을 서라고 부추겼다. 그는 현수막을 들고 데모에 앞장섰다. 그 순간 사복 경찰이 현장 사진을 찍었지만, 그로서는 전혀 알 리 없었다.

그러구러 일주일 후였다. 그에게 징집 영장이 날아왔다. 서류로 제출 되어있던 징집 연기가 취소된 것이었다. 보름 후에 논산 훈련소 수용연대로 입소하라는 통보였다. 하늘이 노랗게 보였다. 그의 인생 목표가 달라지는 순간이었다. 돌아가신 부친께서 대학 재학 중에 행정고시에 합격하시어 지방 군수까지 지내셨기에 그 역시 꼭 사법시험에 합격해야 했다. 그런 그가 군대엘 간다면 당장의 목표를 포기해야 하고, 숙영과의 이별도 자명한 일이었다. 숙영과의 결혼은 더구나 언감생심焉敢生心이었다. 숙영에게는 입대 전 마지막 만남에서 입대 소식을 알리고 군부대가 정해지면 편지하겠다고 약속했다. 군대생활 3년 기간이 끝나고 복학할 때쯤이면, 아마도 그녀는 대학을 졸업하고 사회생활을 시작할 것이었다. 그녀와의 결별이 정해진 수순일 듯했다.

논산 훈련소 29연대에서 6주간의 훈련이 시작되었다. 그런 어느 날, 뜬금없이 훈련소 중대장 육군 대위가 그를 따로 불렀다. "너는 강제 징집됐기 때문에 특수부대 HID로 간다."는 통고였다. HID가 어디인가. 6주의 훈련이 끝나고 자대 배치를 받았다. 일행과 함께 야간 군용열차를 타고 용산역에서 내렸다. 그리곤 대학 재학중에 강제 징집되어 특별히 차출된 3명이 군용 트럭을 타고 같은 자대 自隊로 향했다. 승규는 군용 트럭을 타기 전에 종이 쪽지에 자기 집 전화번호와 배치된 자대 이름을 적어서 갖고 있던 건빵 한 봉지와 함께 지나가는 초등생 소년에게 전화를 부탁한다며 던져 주었다. 소년이 잊지 않고 전화를 해 준 것은 기적과도 같았다.

강원도 오지로 가는 길은 온통 흙먼지가 날렸다. 한나절, 가도 가도 끝이 없는 구절양장의 강원도 오지길, 밀가루를 뒤집어 쓴 것처럼 신작로 흙먼지로 하얗게 된 얼굴로 자대에 도착했다. 곧장 계급장도 없는 고참이 3명을 따로 불러세웠다. 그리곤 "대학 다녔다고 건방지다."며 인정사정없이 두들겨 팼다. 배를 맞으면 숨이 턱턱 막혀 죽을 것만 같았다. 강제 징집된 3명은 3년 동안 내내 같은 내무반원이었다.

밤이 되자 내무반에서는 곡갱이 자루가 번갈아 엉덩이를 빨래처럼 두둘겼다. 군번 순이었다. 입대 동기 중, 승규는 중간 군번이었다. 한 친구는 승규를 때리고, 다른 친구는 승규에게 맞는 순서였다. 매일같이 반복되는 통과의례였다. 행여 맞지 않는 날이면 언제 잠을 깨워 때릴지 알 수 없는 일이었다. 차라리 일찌감치 맞고 자는 것이 나았다. 엉덩이에 피가 많이 나서 팬티에 달라붙어 옷을 떼려면 눈물이 찔끔거렸다. 그런 며칠 후 어머니와 숙영에게도 편지를 썼다. 고통스런 생활이 계속되었다.

다음날부터 특수훈련이 이어졌다. 평행봉을 배워 제법 잘 하고 태권도 공인 2단을 취득했다. 사격도 잘하여 특등 사수가 되어 저격수로 발탁되었다. 어머니께서 면회를 오셨고, 숙영에게서는 편지가 자주 오갔다. 면회를 오겠다고 하였으나 결혼은 못할 것이라고 생각한 그는 부대 위치조차 가르쳐 주지 않았다. 숙영의 편지를 내무반 관물대에 항상 보관했다. 그녀가 그립고 보고 싶을 때면 편지를 꺼내 읽고 또 읽었다.

그런 어느 날, 승규의 입대 동기가 몰래 편지를 보고 내무반원들에게 큰 소리로 떠들었다. "글씨도 예쁘고 글 내용도 너무 아름다우며, 문장력도 뛰어나다."라고. 그래서 숙영에게 편지가 오면 내무반 고참이며 신참 모두가 승규를 무척이나 부러워했다.

승규의 군대생활 3년도 어언간 중반에 이르렀다. 그는 김신조 등 공비 남하 루트에서 거의 매일 밤과 낮 경계 임무를 수행했다. 시를 좋아하는 그는 틈만 나면 숙영에게 편지를 썼다. 하지만 보내지는 않았다.

"그대에게

오늘은 주번 근무하는 날 꼬박 밤을 새워야 하는 처지
휘영청 밝은 달이 주변의 산야에 적막한 입체감을 갖게 합니다.
오늘 밤 달은 〈정읍사〉에 나오는 어느 아낙의 애틋한 남편에 대한 사랑을 생각하게 합니다.

어린 시절 집 정원의 사철나무 잎사귀에서 빛나던 달빛
순간적으로 떠오르는 추억의 감미로움
아름답고 서정적인 추억은 내 인생을 풍요롭게 하는 원천

참된 사랑이란 마음 따뜻한 생각이라든가
가슴을 뜨겁게 하는 사모 이상의 것입니다.
사랑하는 사람끼리의 로맨틱하고
감미로운 생각 이상의 것입니다.
사랑이란 자기 자신을 위해서와 마찬가지일 정도로 상대의 기쁨과 상대의 행복을 바라는 것입니다".

어느덧 그는 내무반 중고참으로 중대본부 보급 담당이었다. 이제는 고참이라도 그를 함부로 대하지 못했다. 군기를 잡는 위치가 된 것이었다. 신참 시절 그가 겪었던 내무반의 기합 폭력은 어느덧 사라졌다. 그는 신참들에게 착한 중고참이 되려고 노력했다.

하루는 내무반 개인 관물 점검을 해보니 모포가 3장 부족했다. 부하들이 승규가 중대본부 보급 담당이라고 제대로 관물 관리를 안 한 탓이었다. 그의 바로 아래 중고참에게 오후 3시까지 채워놓지 않으면 자동적으로 취사반으로 모두 집합하라고 했다. 그러자 12시 전에 채워 놓았다고 했다. 취사반에 집합하라는 건 곡괭이 자루로 취사반에서 승규보다 군번이 늦은 내무반원들의 엉덩이를 때리겠다는 것이었다. 어디서 구해서 채워놓았는지는 그는 묻지는 않았다.

하루 업무를 마치고 점호 전 휴식시간에 PX에서 막걸리 두 잔을 마시면 숙영이 더욱 그립고 보고 싶고 슬펐다. 그러나 휴가 중에도 승규는 숙영을 만나지 않았다. 제대하면 복학해야 하지만, 집안 형편이 워낙 어려워 가능할는지 걱정스러웠다.

훈련 중에는 유격 공수 훈련보다는 완전 군장에 산악 구보가 제일 힘들었다. 가을이면 겨울동안 사용할 부대 난방용 큰 나무를 산에서 베어 어깨에 매고 운반해 오는 것도 쉬운 일이 아니었다. 게다가 겨울이면 눈이 자주 와 거의 매일 삽 들고 제설 작업을 했다. 그래도 겨울이 군대생활하기에는 덜 힘들었다. 초록색을 좋아하는 승규는 푸른 여름이 덥기는 하지만 좋았다. 여름날 낮에 경계 근무를 마치고 최전방 인적이 전혀 없는 적막강산 깨끗한 개울물로 혼자 멱감을 때가 큰 즐거움이었다. 시력이 좋지 않아 안경을 쓰던 승규는 군대생활동안 초록 색깔을 많이 본 덕분에 시력이 좋아져 안경이 필요 없게 되었다.

유신 헌법 국민 투표가 부대 내에서 있었다. 올곧은 그는 소신과 양심상 반대표를 찍었다. 당시 군대에서 투표는 공개 투표였다. 중대장은 일주일을 중대원들을 모아놓고 교육을 했다. 100% 찬성표가 나오지 않으면 지휘관이 문책을 당하는 판이었다. 그런 상황에서 반대표가 한 표 나온 것이었다. 인사계 상사로부터 보고를 받은 중대장은 내무반에서 대기 중인 승규를 보더니, 침상에 앉아 담배를 계속 피며 한숨만 내쉬었다. 가장 신임하던 중대본부 보급계가 그랬으니 참으로 마음이 착잡했으리라. 개인적으로는 중대장에게는 미안하기 짝이 없었다.

30분 가량 말없이 앉아 있던 중대장이 상급자의 호출을 받고 나갔다. 후에 승규가 들은 애기로는 상급자인 중령 참모가 중대장 대위를 불러 참모실에서 3시간 동안 무릎을 꿇게 하고 기합을 주었다고 한다. 하지만 중대장은 그런 내색조차 없이 승규를 변함없이 잘 대해 주었다. 승규는 그 뒤로 중대장을 진정으로 존경하고 충성을 바쳤다. 제대 후에도 친형제처럼 지냈다.

숙영과 군 입대전 마지막으로 만난 지 어느덧 2년의 세월이 흘렀다. 숙영은 이제 대학교 3학년이었다. 다음 해 초가을에는 승규가 군에서 제대를 한다. 그동안 서로 간에 편지 왕래는 있었다. 그러나 숙영에 대해 자신이 없는 승규로서는 적극적이지 않았다. 그런 승규의 마음을 아는 숙영은 그래도 변함 없이 승규의 마음을 이해해 주었다. 첫사랑의 아름다운 마음과 감정이 있어서였던가. 두 사람은 순수하고 고결한 사랑을 이어가는 연인관계였다.

승규가 제대를 하고 숙영은 대학교 4학년으로 교사 자격시험에 합격하여 졸업과 동시에 교사가 되었다. 제대한 승규는 숙영을 만나지만 숙영과의 결혼에는 도무지 자신이 없었다. 숙영이 교사로 발령 받았지만, 승규는 돈이 없어 복학을 하지 못했다. 1년 6개월을 학교를 더 다녀야 졸업을 할 수가 있었지만 복학은 엄두를 내지 못했다. 게다가 숙영과의 결혼마저 포기한 상태였다. 그래도 숙영이 만나자고 하면 계속 만나고는 있었다.

6개월 동안 승규는 기업 인턴 사원과 중고등학생 과외공부 지도와 어머니와 동생 그리고 친척의 도움 등으로 돈을 모았다. 모은 돈으로 다음 해 새 학기에 가까스로 복학을 할 수가 있었다. 복학 후 1년만에 그는 대학을 졸업하고 졸업 전에 대기업 입사 시험 공채 1등으로 취직을 했다. 대기업 회장이 공채 수석 합격이라고 따로 불러 직접 금일봉도 주었다. 숙영의 교사 생활도 벌써 2년이 되어간다. 그동안 금전적으로 대학생 승규를 상당히 도와주었다.

숙영의 집안에서는 숙영의 결혼 독촉을 계속했다. 승규는 그런 얘기를 숙영으로부터 들었지만, 이제 겨우 취직하고 집도 없고 무슨 돈으로 결혼을 할 수가 있겠는가? 결국 6년 가까이 사귀고 진정으로 사랑하지만 숙영을 위해 헤어지기로 결심하였다. 초여름 저녁, 마지막으로 만나서 이별 통보를 한 후에 흐르는 눈물을 서로 감추고 헤어졌다.

버스를 타고 귀갓길에 올랐다. 버스에서 내려 집을 향해 걸어가며 집 문을 바라보니, 아니, 숙영이 승규의 집 문 앞에서 기다리고 있지 않는가? 만나자마자 두 사람은 서로를 힘껏 껴안고 한동안 꼼짝을 하지 않았다. 이윽고 숙영이 입을 열었다.

"택시 타고 먼저와 기다렸어요. 나는 도저히 못 헤어지겠어요"

"나 역시 그렇소"

두 사람의 아름다운 연인은 서로의 손을 꼭 잡았다. 그리곤 결혼을 굳게 약속했다. 그리곤 추진 세부 계획을 확정하기 위해 근처 다방으로 향했다.

돌아보면 그네는 초록빛 인생이었다. 졸고 있던 가로등이 잠에서 깨어나 주위를 환히 비추고 있었다. 초록빛 인생, '우리 젊은 날의 인연'은 아름다운 한 폭의 수채화였던가. 화양연화花樣年華, 그의 일생에서 가장 아름답고 행복한 순간이었지 싶다.*

심사평 | 박창현님의 〈초록빛 인생〉

　에세이포레 제53회 신인상에 응모한 박창현님의 수필 〈초록빛 인생〉을 당선작으로 선정한다.

　그는 이미 오래전에 한국 시단에 시인으로 등단 과정을 거쳤을 뿐만 아니라, 문예지 『문학 秀』에 단편소설이 당선되어 두 장르에 걸쳐 입문한 작가이다. 그럼에도 불구하고 다시 수필분야에 도전하였음은 그의 남다른 문학에 대한 애정일 것이다.

　지금은 문학판은 경계가 무너지는 경계 넘기, 크로스오버의 시대이기도 하다. 사유야 어떻든 이로써 작가의 문학정신, 장인정신을 간파하게 한다. 장르의 독자성도 중요하지만 그야말로 지금은 통섭의 시대가 아닌가. 그의 분출하는 창작정신에 박수를 보내고 싶다. 특기할 만한 점은 그가 짓는 문학세계가 평생 일군 기업정신과 가톨릭 신앙을 근간으로 작품의 외연을 확대하고 있다는 점에서 기대된다. 그의 시집 《웃음소리》가 이를 뒷받침하고 있다. 그렇기에 그의 작품은 일관되게 기업 경영과 신앙이라는 두 개의 축에서 조화와 균형을 유지하고 있음을 본다.

수필 〈초록빛 인생〉 '우리 젊은 날의 인연'에서 보여주듯 자전적 성격이 강한 회고적, 서사적 서술을 통해 수필의 정서적 미감과는 다른 차원에서 중수필, 이른바 에세이의 본령에 충실하고 있다. 젊은날 두 사람이 만나 인연을 맺는 과정에서 체험한 인간적 고뇌와 갈등, 이를 극복해 나가는 과정을 사실적으로 묘파함으로써 화양연화花樣年華, 그의 일생에서 가장 아름답고 행복한 순간을 잘 포착해내고 있다. 수필이 '인간학'이라면 이런 인간 존재의 의미파악은 바로 수필이 가야 할 항로일 것이다. 특히 작가의 언어의 부림은 하이데거의 언술과 같이 "언어로 짓는 존재의 집", 그만의 성채城砦일 것이다. 좋은 작가가 되길 기대한다. 이로써 한국문단에 장르를 파괴하는 새로운 작가의 탄생을 알리고자 한다.*

(심사자 : 문학평론가 이유식·한상렬)

가 을 날
별 밤 의
회 상 回想

또 다시 푸른 바다가 펼쳐진 해안 길을 따라
상큼한 공기를 마시며 계속 걷는데
하늘은 높고 푸르며
하얀 조각구름이 드문드문 떠있다.

가을날 별밤의 회상回想

먼동이 밝아오는 해파랑 길은 바다가 있는 해안 길이므로 세상이 참으로 아름답고 찬란하다. 더구나 중간 중간 해송 길을 걸으면 솔향기 그윽하고 신선한 공기로 천국에 와있는 기분이다. 지상 최고의 행복을 맛본다. 인생은 소풍이다. 나도 소풍 인생을 즐기며 감사히 살고 있다.

오늘도 걷기를 좋아하는 이승규는 시간을 내어 해파랑 길을 찾았다.

그는 독서와 사색을 평생 즐기고 산다.

어제 서울에서 고속버스로 동해안에 도착하여 예약된 호텔에서 자고 아침 일찍 해파랑 길을 출발했다.

역시 찾기를 잘했다. 초가을 선선한 바닷바람이 가슴에 스며들어 시원하기 그지없다. 고달픈 인생살이 이런 날들이 많이 있기를 간절히 바라고 기도한다. 서울 집에 있는 아내 박숙영은 지금 뭘 하고 있을까? 아내는 초등학교에 2학년 셋째 손자 본다고 따라오질 못했다. 홀연히 혼자 오다보니 조금은 적적하게 느끼나 홀로 해안 길을 걸으니 아내 신경 안 쓰고 더 좋은 것 같기도 하다. 조금 걷다보니 해변 가 모래사장 안쪽으로 조그만 카페가 보인다. 아침 커피 한잔 마시고 싶어 카페로 들어갔다.

노부부가 카페 창가에 앉아 푸른 바다를 바라보며 커피를 마시고 있다.

카페 키오스크에서 아메리카노 한잔 주문하고 카페 안쪽에 자리를 잡고 앉았다. 무심코 창가를 보며 노부부를 보니, 아니, 고교 동기동창 윤인중 부부 아닌가! 깜짝 놀란 승규가,

"하하! 인중아! 여긴 어쩐 일이야?"

윤인중은 절친 가운데 한 친구이고 고교동기동창 트레킹 모임에서 한 달에 두 번, 그러니까 둘째 주와 넷째 주 화요일에 만나 함께 트레킹을 한다. 두 친구들은 트레킹 모임에 거의 빠지지 않고 참가한다.

인중이도 깜짝 놀라며 자리에서 벌떡 일어나며 반갑게 말한다.

"아니, 승규야! 너야말로 여기 웬일이야?"

인중은 대기업 임원으로 은퇴했다.

승규가 말한다.

"응, 나는 가을날에 혼자 해파랑 길을 걷고 싶어 동해안에 왔지, 하하하!"

"그런데 왜 혼자 왔냐? 집사람 없이 쓸쓸하게"

"아, 이제는 혼자 다니는 게 더 편하고 좋더라고, 흐흐"

"그래? 그럼 압박과 설움에서 잠시 해방 된 거여? 으하하하"

"그렇지. 해방의 자유를 지금 만끽하고 있네. 으하하하!"

승규는 인중 부부의 단둘이 여행을 방해 않도록 커피 한잔 마시고 난 후 서둘러 또 다시 걷기 위해 자리에서 일어난다. 승규는 본시 과묵하지만 술을 마시면 말을 꽤 하는 편이다. 승규는 술은 대주가大酒家이다.

막걸리, 소주, 맥주, 양주를 가리지 않고 잘 마신다.

자리에서 일어나며 승규가 말한다.

"서울에서 보세"

인중도 일어나며 말한다.

"그래, 다음 트레킹 모임에서 보세"

승규는 인중 부부를 뒤로하고 또 걷기 시작한다.

또 다시 푸른 바다가 펼쳐진 해안 길을 따라 상큼한 공기를 마시며 계속 걷는데 하늘은 높고 푸르며 하얀 조각구름이 드문드문 떠있다.

해안가 검은 바위 위에 앉아 있는 갈매기 한 마리가 햇빛에 빛나고 있는 광경이 참으로 멋지고 예쁘다. 바닷가 모래사장에는 조개껍질들이 햇빛에 반짝이고 있다.

맑은 가을 햇볕이 참으로 기가 막히게 좋다.
임어당 선생의 글이 떠오른다.
"인생 최고의 기쁨은 이슬 젖은 잔디밭을 맨발로 거닐며 무심히 하얀 구름이 떠있는 푸른 하늘을 바라볼 때"

오늘은 하루 종일 걷고 예약된 호텔에서 자고 내일 아침에 고속버스로 서울로 돌아간다. 걸으며 보이는 길가 주변 나무들이 어느새 단풍으로 물들기 시작하여 울긋불긋 옷을 갈아입기 시작한다. 자연을 지극히 사랑하는 이승규이다.

어느덧 점심때가 되어 식사하기 위해 마땅한 음식점을 찾아본다.
생선회가 먹고 싶어 횟집으로 들어가 회 정식을 시켜먹었다.
혼자 먹는 식사가 아주 맛있다. 점심식사 후 다시 걷기 시작하여 목적지인 강릉 경포대를 향한다. 강릉 경포대 호텔 앞 솔밭길이 오늘의 목적지이다. 그 솔밭 길은 아내가 몹시 좋아하는 길이다.
다음 달에는 아내와 함께 경포대에 올 계획이다.

석양이 대단히 아름답다. 바닷가에서 보는 석양이 훨씬 더 아름답다.

본시 일출보다 일몰이 더 아름답다고 하지 않던가!

사람도 나이 들어 석양이 깃든 모습이 더 아름답다고 하지 않던가!

단풍든 사람이 더 아름답다고 하지 않던가! 그 단풍을 곱고 아름답게 가꾸고 만들면 그보다 더한 아름다운 인간이 있겠는가? 승규에게는 솔직히 꽃보다는 단풍이 더 아름답게 보인다.

드디어 경포대에 도착하여 호텔에 체크인하고 호텔방에 배낭을 놔 둔 채 저녁 식사를 하기위해 호텔 뒤편 식당을 찾았다. 들어간 식당에서 스파게티와 오뎅을 팔고 생맥주도 있다. 승규는 생맥주를 아주 좋아한다. 식당 의자에 앉아 스파게티와 오뎅을 주문하고 생맥주도 1,000cc를 시켰다. 기다리는 동안 주위를 보니, 어! 이매리 부부가 앉아있다. 아니, 오늘은 왠일로 여행지에서 아는 사람들을 자주 만나는구만!

이매리는 이승규 대학 시절 과외교사를 할 때 제자이고 지금은 이매리 부부가 같은 성당 신자들이다.

역시 깜짝 놀란 승규가 부른다.

"매리 자매! 여긴 왠일이야?"

부부가 반색을 하며 큰소리로 외친다.

"아니, 회장님도 여긴 왠일이세요?"

승규가 성당 총회장을 역임했기 때문에 성당 신자들은 승규를 회장이라고 부른다.

"엉 하하, 동해안에 바람 쐬러 왔지"

"아이구 그런데 왜 혼자 오셨어요? 당연히 사모님과 함께 오셔야지요?"

"엉 나도 이 나이에 해방감 좀 즐겨 볼려고 혼자 왔수다. 으하하!"

식사하고 생맥주 마시고 이매리 부부와 이런저런 애기 나누고 서울에서 보자고 말한 후 호텔방으로 돌아왔다.

호텔로 돌아와 샤워를 한 후에 호텔방 의자에 앉아 파도가 출렁이는 밤 바다를 바라보고 식당에서 들고 온 종이 잔에 든 생맥주 500cc를 마시며 승규는 자신의 인생을 모처럼 되돌아보며 회상에 잠긴다.

가을밤 맑은 하늘에 별들이 쏟아진다.

승규는 초등학교 시절부터 공부를 잘 했다. 체구도, 같은 나이 친구들에 비해 크고 운동도 소질이 있다. 심성이 착하고 온화한 성정에 인정이 많은 승규이다. 또한 사랑이 풍부해 주변 사람들을 모두 사랑한다. 부모님과 형제자매 그리고 친구들을 사랑한다. 모습도 잘 생긴 미남이라고 남들이 말한다.

대학교 재학 중 동아리 모임에서 신입 여대생이었던 아내를 만났다. 활짝 핀 하얀 장미꽃처럼 청초하고 가을에 핀 노오란 국화꽃처럼 맑은 모습에 첫눈에 반했다. 그 후 승규는 그 모임에 꼭 참석 하고 박숙영과 따로 만났음은 물론이다.

그 모임 회원들이 대학시절 동해안 낙산 해수욕장을 찾은 때가 바로 엊그제 같다. "조개껍질 묶어 그녀에 목에 걸고..."

그때 불렀던 7080 노래들을 새삼스레 생각하며 콧노래를 불러본다.

대학 시절에 예쁜 여대생이었던 아내와 군대 생활 3년을 제외하고는 자주 만났다.

특별히 60년 지기 고교 동기동창들과는 지금도 여전히 친하다. 명문 고등학교 출신이다. 고교 동기동창들 중에는 품격 없이 화를 잘 내는 친구들도 더러 있지만 승규는 상대방이 화를 내도 화를 내지를 않는다. 아무리 친해도 비속어를 전혀 안 쓰는 젊잖고 도량이 넓은 아름다운 인격의 소유자이다.

승규는 대학에서 법학을 전공했으나 대학 생활 중 데모하다가 사복 경찰에 사진 찍혀 강제징집 당하는 바람에 사법시험 준비를 못하고 대학 졸업 후 바로 대기업에 입사했다. 그 당시에는 ROTC가 인기가 좋았다. 고교 동창들 중에는 ROTC로 소위 임관 후 초급 장교로 병역 의무를 마친 친구들도 꽤 있다. 고교시절 영어 교사 김부운 선생님은 ROTC가 Romance Of Texas Cowboy 라고 주장하셨다.

다시 승규의 아내 얘기로 돌아간다. 성실하고 사랑 많은 승규는 아내와 대학 시절에 여전히 플라토닉 러브를 계속했다.

그러나 손잡고 다니고 키스는 자주 했다. 승규가 아내 박숙영과 데이트를 할 때면 어깨에 힘이 들어갔다. 그 당시 아내 박숙영이 대한민국 최고 미인 킹카였기 때문이다.

봄이면 진달래꽃

여름이면 장미꽃

가을이면 국화꽃

겨울이면 동백꽃

승규는 아내를 부를 때 이름을 안 부르고 계절에 따라 꽃 이름을 부른다. 감성이 풍부한 문학도다운 행동이다.

"문학은 영원한 마음의 고향' 그래서 승규는 요즘도 취미 생활로 글을 쓴다. 아름다운 세상을 아름답게 표현하는 것이 그가 글을 쓰는 이유이고 목적이다.

문단에는 시인, 소설가, 수필가로 오래전에 등단했다. 작품을 쓰는 대로 문예지에 게재한다. 한국문인협회 회원이다. 문단에서는 이승규 이름이 꽤 알려져 있다. 문단에서 주는 상賞들을 몇 차례 받았다.

인생은 소풍이다. 아름다운 이 세상 소풍이다. 천상병 시인의 "귀천歸天"에서 나오는 말이다.

그래서 승규는 자연을 벗 삼아, 아내와 더불어, 혹은 혼자, 짧은 여행을 자주 즐긴다.

인생은 고독한 여정이고 고독을 즐길 때 행복도 함께 따른다.

승규는 조용히 앉아 글 쓰는 것이 인생의 낙이고 취미이다. 첫 사랑인 아내를 지극히 사랑한다. 솔직히 승규에게는 평생 박숙영이 유일한 여자이다. 대학 시절에도 함께 다니기는 했지만 동침한 적은 없었다. 그야말로 플라토닉 러브를 계속했다. 서로는 만나면 별로 할 이야기도 없고 침묵이 흐른다. 그냥 함께 있고 서로 바라보기만 해도 좋고 행복한 것이다.

봄이면 벚꽃이 흐드러지게 핀 길을 함께 걷고,

여름이면 수국이 활짝 핀 공원 그늘 속 벤치에 나란히 앉아 뭉개 구름이 두둥실 떠있는 파란 하늘을 함께 바라보고,

가을이면 강변의 만개한 코스모스 밭을 거닐며 상대방 얼굴을 바라보며 활짝 웃고,

겨울이면 함박눈 쏟아지는 날에 눈 맞으며 눈싸움도 하고,

그렇게 박숙영과 함께 만든 추억 많은 대학생활을 마치고 결혼하여 부부가 알콩달콩 깨소금 같은 신혼생활을 했다. 행복한 이 승규 박숙영 부부! 남부럽지 않다. 승규 부부는 슬하에 1녀1남이 있다.

승규는 직장 생활 중에 해외출장을 자주 다녔다. 1970년대 후반부터 출장을 다녔는데 그 당시에는 해외출장은 특별한 사람들

만 다녔고 한국이 세계에 전혀 알려지지 않았던 시절이다.

첫 출장을 유럽으로 갔는데 프랑스 파리에서 한국에서 유학 온 여학생 모녀를 만났는데 여학생 어머니가 파리에 온지 보름이 지났지만 한국 사람은 처음 본다고 반갑다며 펑펑 운다.

요즘은 한국이 선진 강국이다. 경제대국, 군사대국, 문화대국이다.

한번은 인도 출장 시 인도 오지奧地를 지나는 길에 마을에 사람들이 많이 모여 조그만 TV를 보고 있어 뭘 보는데 저렇게 많이 모여 있나 궁금하여 잠시 차를 세우고 차에서 내려 TV를 보니 한국 드라마 "대장금"을 보고 있었다.

또, 인도네시아 자카르타 공항에서 티켓 체크인을 하는데 데스크 아가씨가 지금 공항 음악이 한국의 "원더걸스"의 노래란다. 승규는 모르는 노래인데... 그러면서 한국인은 모두 잘 생기고 노래도 잘하고 춤도 잘 춘다고 엄지척을 한다. 체크인 후에는 데스크에서 나와 출국 게이트까지 안내를 해준다. 승규가 잘 안다고 극구 사양을 했지만 막무가내로 친절을 베푼다.

남아메리카 브라질 등을 출장 중에도 한국인이라고 하면 엄지척을 하며 만나는 사람마다 반가이 대한다.

대략 70년 사이에 세계에서 제일 못살던 나라가 제일 잘 살고 유명한 나라가 되었다. 글로벌 중추 국가가 된 것이다. 5,000년 한국 역사 중 지금이 가장 잘사는 시대이다. 승규 세대가 이룬 업적이고 자부와 긍지를 갖는다. 뭐니 뭐니 해도 이승만 초대 건국 대통령과 박정희 경제 개발 대통령 두 분의 영웅 덕이라고 승규는 항상 감사하며 존경하고 사랑한다. 지금은 세계 어디를 가도 겉으로 봐서도 한국이 가장 잘 사는 나라가 되었다. 대기업의 중동/아프리카 지역 지사 관리 책임자도 했다.

수출 유공자로 대한민국 정부로부터 표창장, 포장, 훈장 등을 받았다.

승규는 한국이 계속하여 잘 살고 후손들도 계속하여 잘 살기를 기도한다. 그래서 승규는 국가와 국민을 사랑하고 정치에 관심이 많다.

애국심이 강하고 정의롭고 올바른 정치인들을 후원한다.

1990년대에 일본에 출장을 갔더니 즉석 밥(예컨대, 햇반)이 잘 팔려 히트를 치고 있었다. 그래서 승규는 한국에 와서, 개인적으로 투자한 회사에 즉석 밥 공장을 만들고 큰돈을 투자했다. 그러나 당시 한국은 쌀 수입금지로 쌀값이 비싸 채산성이 안 맞아 결국 손해를 막심하게 보고 대기업에 특허권을 넘기고 그 대기업은 쌀 수입 규제를 풀고 채산성을 맞추어 대박이 났고 지금도 대박이다.

크게 손해를 본 승규는 빚도 크게 지었다. 그러나 크리스찬이며 신앙심이 강하고 선행을 끊임없이 하는 승규는 은총을 받아, 그의 개인 회사가 다른데 투자하여 생산한 제품 수출 건들이 있었는데 IMF 시절 환율이 크게 올라 큰 이익을 내어 1년도 안되어 모든 빚을 갚았다.

그런 계기로 그는 언젠가는 공소(사제가 상주하지 않는 성당)를 지어 하느님께 봉헌하겠다는 결심을 하게 된다.

2000년 초반에 대기업 계열회사 사장으로 은퇴 후 승규가 대주주인 개인 회사가 계속 번성하여 승규는 경제적으로 상층에 속한다.

오래 함께 일한 직원을 몇 년 전에 사장을 시키고 승규는 회장으로 물러나 이웃사랑 실천을 하기위해 사회봉사 활동을 남모르게 한다.

요즘은 여러 가지로 바쁘다. 회사 경영에, 사회봉사 활동에 기타 등등 몹시 바쁘다. 자식들 가운데 부부싸움도 말리고 손주들도 돌보고 승규 부부는 개인적으로도 매우 바쁘다. 공적 사적 모두 바쁘지만 그는 항상 웃기를 잘하고 분위기 메이커로서 국가와 사회에 공헌하는 보람 있는 삶을 살고 있다.

"항상 기뻐하십시오, 늘 기도하십시오, 어떤 처지에서도 감사하십시오"

승규의 좌우명이다.

호텔방에 앉아서 승규는 긴 회상을 끝내고, 사랑하는 사람들을 보기위해 내일 아침 일출을 보고 서울로 출발해야하므로 일찍 잠자리에 든다.

　지난 세월을 되돌아 회상하면, 나는 사랑을 많이 받아왔고 은총을 끊임없이 받고 있는 사람으로 향후에도 감사하고 찬미하고 영광을 드리며 살 것이며 그러한 삶이 곧 나의 꿈이고 행복임은 물론이다.

수필-문예지
《문학 수》
《에세이 포레》
등재

에세이 포레
작품상 수상

행복을
즐길 줄
모르다

그의 집과 나의 집 인근에는 한강공원이 있다.
봄이면 갖가지 꽃들이 어우러져 환상적이기까지 하다.
주일 새벽 미사에 참례한 후 친형제처럼 지내는
그와 함께 공원을 걷기를 좋아한다.

행복을 즐길 줄 모르다

내 단짝 이웃 사촌 강성민 형

*

사람은 본시 자신이 가족들과 주변 사람들로부터 얼마나 사랑을 받고 있는지 의식하지 못한다. 알려고 하지도 않고 대충 알아도 계속 믿으려 하지 않는다. 감사할 줄 모르고 행복을 느낄 줄도 모른다.

간혹 상대방이 자신을 사랑하여 당장에 자신의 마음에 들지 않는 행동을 할 때도 있다. 그런 경우 무조건 참고 이해하노라면 언젠가는 그 이유를 알게 되고 감사하게 된다. 하지만, 상대방의 사랑을 변함없이 믿지 않고 이해와 용서에 인색하여 화를 내면 그 자신 행복한 시간을 갖지 못하고 상대방도 기분이 상한다. 그렇기에 언제나 상대방의 사랑을 의심하지 않고 잘 참고 상대를 이해할 때 최고의 선과 행복을 누리게 된다.

사랑받는 강성민 형, 그는 잘 참아주는 사람이다. 그러니 그의 인생도 사랑받는 인생이요, 행복이 가득할 수밖에 없다.

*

봄꽃이 만발한 성당이다. 큰길 건너 3층 건물 옥상에도 시나브로 봄은 왔나 보다. 옥상 텃밭과 화단에는 상추며, 고추, 가지, 채송화 봉숭아 등속等屬이 자라고 있다. 장미는 아직 꽃을 피우지 않았지만, 매년 초여름부터 텃밭과 화단의 네 귀퉁이에서 빨간 꽃, 하얀 꽃으로 아름다운 자태를 뽐낸다.

건물 주인 강성민은 나의 단짝 교우이며 나보다 나이가 네 살 많다. 그는 이 건물 3층에 살고 있다. 오늘도 그는 바쁘다. 동이 트자마자 새벽에 일어나 옥상 텃밭과 화단을 단장하느라 왔다갔다 한다. 혈액형이 O형이고 다혈질이며 성질이 급하다. 게다가 올곧은 성격에 경우가 밝고 겸손하며 예의 바르고 영리하며 부지런하기까지 하다. 아내와 자녀들과 이웃들의 사랑을 받으며, 가족에게는 권위와 위엄이 언제나 높기만 하다. 가족 모두가 바로 앞 큰길 건너 성당에 다니는 독실한 천주교 신자 집안이다. 그의 천주교 세례명은 '아오스딩'이다.

그의 집은 3층 건물로 1층은 식당이고, 2층은 다가구 두 세대가 산다. 옥탑방도 거주할 수 있도록 하여 모두 임대를 주었다. 임대료를 꽤 많이 받아 비교적 부유한 편이다. 3층은 그의 부부 전용 공간이다. 딸과 아들은 오래전에 결혼하여 근처 아파트에 살고 있다. 외손녀 셋에 친손자 둘인데 초등학교, 중학교, 고등학교에 다닌다. 그런 손녀 손자들을 키우느라 그의 아내는 그동안 수고가 많았다. 하지만 그는 짐짓 이를 모른 척하며 위엄을 보인다. 아이들 모두가 효녀 효자다. 하지만 그는 항상 효도가 성가시다고 투덜거린다. 겉으로는 복을 많이 받았고, 사랑받고 있다는 것을 전혀 의식하지 않고 행복함을 즐길 줄을 모르는 사람인 듯 보인다.

5남 1녀의 막내로 대구에서 태어난 그의 유년시절은 지극히 불우했다. 6·25 전쟁 중에 부친이 공산군에 의해 돌아가시고, 모친은 그가 초등학교 6학년 때 병환으로 세상을 떠나 형과 형수 집을 전전하며 가까스로 고등학교까지 졸업하였다. 그 후 무작정 상경하여 빵과 과자를 만드는 기술을 배웠다. 1970년대에는 빵과 과자 제품들이 이윤도 많고 잘 팔렸다. 셋째 형의 도움과 자력自力으로 신광여고 앞에 제과점을 차렸다. 당시 여고생이었던 아내 조인숙을 만난 것은 그의 인생의 행운이었으리라. 그녀는 여고생들 가운데에서 가장 예뻤고 얌전했다고 한다. 빵을 좋아하여 그와 결혼했다고 이따금 우스갯말을 하기도 한다.

그러구러 제과점이 번성하여 마포에 큰 제과점을 개업하여 이사했다. 새벽에 일어나 빵과 기타 과자들을 만들고 오후 2시가 되면 아내와 직원들에게 가게를 맡기고는 가까운 산에 오르는 등산은 그의 일과였다. 그런 탓인지 그의 체력은 지금도 강인하다. 제과점 운영이 당시에는 돈도 잘 벌고 시간도 많이 남는 좋은 직업이었다. 그후 그는 서울시 제과점 협회 회장도 역임하였다.

그의 집과 나의 집 인근에는 한강공원이 있다. 봄이면 갖가지 꽃들이 어우러져 환상적이기까지 하다. 주일 새벽 미사에 참례한 후 친형제처럼 지내는 그와 함께 공원을 걷기를 좋아한다.

한강공원엘 다녀오겠다고 하자, 그의 아내는 친구들과 나물 캐러 문산에 간단다. 오후 1시에 귀가할 예정이라고 한다. 나는 그와 한강공원 직전에 있는 동네 공원의 현석동 나들목에서 만나기로 약속했다. 그런데 만나자마자 잠시 머뭇거렸다. 한강대교 쪽으로 갈까, 아니면 반대 방향인 성산대교 쪽으로 갈까? 주저했다. 그러자 그가

"오늘은 봄꽃들이 성산대교 쪽이 더 화려하게 보이니 그쪽으로 가봅시다."

"그럽시다."

했다. 그런데 오늘따라 그가 유명 브랜드의 고급스러운 모자를 쓰고 나와서 그의 모자가 눈에 확 들어왔다.

"아이구! 멋진 모자 쓰셨네, 어디서 났수?"

"엉, 내 딸이 사 줬어."

"폼 나고 멋 있는데…."

"뭐가 멋 있어? 그냥 딸이 사주니 아까워서 남사스러워도 그냥 쓰고 다니는 것이지. 흐흐."

그는 늘 그런 식이다. 그리고는 은근히 딸 자랑을 한다. 딸에 대한 감사의 표시를 하지 않고 위엄을 차리는 그가 부럽기까지 하다. 그는 딸에게도 그렇게 하는 듯하다. 아내 자랑, 딸 자랑, 아들 자랑이다. 요즘은 손녀손자들 자랑까지 덧붙인다.

"형님은 복을 많이 받으셨수, 좋으시겠수 히히."

"자기는 안 그런가 히히."

성산대교 쪽으로 두 사람이 나란히 걸었다. 이런저런 얘기가 오갔다. 그는 정치에 관심이 많다. 후손들의 미래를 위해서 그렇단다. 정치집회에도 자주 참석한다.

그날따라 한강 공원에는 상춘객들이 많이 모여들어 트레킹도 하고 자전거를 타고 있다. 더러는 보트도 타고 수상스키도 탄다. 잔디밭에는 끼리끼리 모여 앉아 도시락이며 다과, 음료 등을 즐기고 있다.

봄꽃이 지천이다. 진한 라일락꽃 향 내음이 지나가는 사람들을 붙잡고 멈추게 한다. 밤섬의 신록과 강 건너 여의도 윤중로의 벚꽃 가로수들로 인산인해를 이룬 상춘객들의 발길이 분주하다. 물 위의 청둥오리 떼들이 봄날의 생동감을 더한다.

어느새 두 사람의 발길은 성산대교에 이르렀다. 다시 현석동 나들목을 향해 돌아서 왔던 길을 걷기 시작했다. 그가 아내에게 휴대폰으로 전화를 했지만 받지 않는지 '마누라가 오늘도 휴대폰을 집에 놔두고 갔구만' 혼잣말처럼 말했다.

"아내가 1시까지 귀가한다 했으니 우리 집에 가서 점심 식사를 합시다."

하고 귀갓길을 서둘렀다.

1시가 조금 넘어 집에 도착했지만, 그의 아내는 아직 귀가하지 않은 모양이었다. 그가 좌불안석坐不安席이다. 다혈질인 성깔에 부아가 치밀었는가.

"항상 시간 약속 정확한 마누라가 오늘따라 왜 아직 오지 않나."

라고 크게 소리를 질렀다.

"아! 뭘 그리 성질을 내세요? 차가 막힐 수도 있잖아요, 거참!"

1층 식당에서 코다리 정식으로 점심식사를 함께 했다. 식사 후 그가 3층에 올라가서 집에 있는 맥주와 마른안주를 꺼내 왔다. 주거니 받거니 맥주 여러 병을 마셨다. 시간이 어느덧 오후 3시가 가리켰다.

"이 마누라가 오늘따라 왜 이렇게 안 와? 나 참! 걱정되네."

그만 나는 집에 돌아가겠다고 일어나려는 순간 그의 아내가 귀가했다. 화가 머리끝까지 난 그가 아내를 향해 버럭 소리를 질렀다.

"뭐야? 어떻게 된 거야? 1시까지 온다고 약속하고 이렇게 늦게 오는 거야?"

불같은 성미에 계속 소리 지르며 야단칠 기세다. 시작하면 끝장을 보는 게 강성민 그의 성격인 것은 이미 간파하고도 남는 일이었다. 하지만 나는 그의 그런 성격을 잘 알고 있고 그들 부부 사이의 평화와 행복을 깨고 싶지 않다. 그러다보니 항상 내가 그의 부부 사이의 평화의 중재자이다. 그래서 얼른 말을 꺼내서 그의 아내에게 물었다.

"나물 많이 캐셨어요?"

"아! 쑥 나물이 지천이라서 저 양반 좋아하는 쑥국, 쑥떡 만들려고 캐다보니 나도 모르게 시간이 많이 지체되었네요. 호호"

그의 아내가 들고 온 큰 자루에는 쑥을 비롯한 봄나물들이 수북했다. 그는 쑥 음식을 좋아한다. 그 순간 그는 속으로 '아내가 나를 위해 이렇듯 봉사하는데 나는 그녀의 마음을 모르고 성질만 내려고 했네. 미안하네. 부부싸움 크게 할뻔 했는데 오늘은 천만다행이네, 흐흐 또 반성이네.' 아마 그런 생각을 그는 하고 있었지 싶다.

이웃사촌 강성민 형, 그는 항상 그런 식이다. 복을 많이 받았고 사랑 받고 있다는 것을 의식하지 않고 또 행복을 즐길 줄 모르는 사람이다.

*

온천지가 푸르름으로 뒤덮이고 옥상의 장미꽃들도 활짝 피어 세상을 더욱더 아름답고 향기롭게 한다. 사위가 직장의 미국 지사로 발령을 받아 2월 중순에 갔고, 딸 손녀들 네 식구가 몇 개월 후에 뒤따라 모두 미국으로 갔다. 5년 동안 미국에서 근무한단다.

딸은 중학교 교사인데 휴직하고 사위와 함께 미국으로 갔다. 손녀들을 아내가 다 키웠는데 그와 그의 아내는 서운하기 그지없다.

딸 손녀들이 미국 가는 날, 그의 아내 조인숙은 집에서 목 놓아 울었다. 강성민도 몹시 서운한 마음으로 울음이 터지려고 하나, 가장이고 남자 체면이 있어 꾹 참는데도 눈물이 그득했다.

이별의 서운한 감정이 사라지기도 전에 딸에게서 전화가 왔다. 미국에 오니 아빠 엄마가 더 그립고 보고 싶단다. 듣기 좋으라고 하는 말이라도 기분은 좋다. 그 뒤로 거의 매일 같이 전화가 오더니 이제는 화상통화를 한다. 겉으로는 매일 전화하지 말라고 딸에게 말하면서도 하루라도 화상통화가 안 오면 걱정되어 기다린다. 아내는 화상통화 올 시간에는 꼭 집에 있다. 그는 짐짓 아내에게,

"딸아이가 왜 매일같이 전화하여 성가시게 하나, 거참"

말하자 아내는

"당신은 호강에 겨워 맨날 투덜이야"

라고 핀잔을 한다. 그에게는 그런 딸이 더욱 예쁘고 사랑스럽고 고마울 뿐이다.

딸이 오늘도 큼지막한 소포를 보냈다. 육포와 여러 가지 과자들이다. 아들네에게도 나눠주고 단짝 교우인 나에게도 나눠주었다. 단짝 교우는 고맙다고 하면서 한마디 한다.

"형님은 귀한 딸을 두셨구려, 하하"

"아니, 받는 것도 성가신데 자꾸 보내네, 히히"

"아이구, 호강이 넘치네 넘쳐, 하하하"

그는 항상 그런 식이다. 복을 많이 받았고 사랑 받고 있다는 것을 의식하지 않는다. 행복을 즐길 줄 모르는 이가 강성민 바로 그다.

*

주변 공원과 보이는 산들이 모두 울긋불긋 가을 단풍으로 화려한 자태를 보이기 시작한다. 한강변 자연도 형형색색으로 옷을 갈아입은 10월 어느 날, 그가 내게 전화를 했다. 할 이야기가 있으니 만나자고 하였다. 그는 무슨 일이 있었는지 몹시 열 받아 있었다.

그는 열 받은 일이 생기면 스트레스 해소 차 단짝 교우인 내게 전화를 한다.

"왜 열 받으셨수?"

"아니, 내 아들 이놈이 캠핑카를 사고 돈을 너무 낭비하는 것을 보니 열 받아 죽겠어. 지가 지금 캠핑카를 사고 호화롭게 살 때가 아닌데 도대체 왜 샀냐는 거지"

"아이구! 돈 여유가 있으면 캠핑카 사서 가족들과 캠핑 다니고 얼마나 좋수?"

나는 그에게 소주를 권하며 열 받은 그를 진정시키려 했다.

"왜 샀는지 아들에게 물어보셨수?"

"아니 아직 안 물어봤는데…"

"이유나 아시고 열 받으슈, 히히! 이유를 물어 보고 내일 다시 만납시다."

다음날 두 사람은 다시 만났다.

"왜 샀대요?"

"하하! 내가 이제 나이가 들어 나와 아내를 전국 일주시켜준다고 샀다는구만"

"하하! 그럴 줄 알았소"

그는 항상 그런 식이다. 복을 많이 받았고 사랑 받고 있다는 것을 의식하지 않고 행복을 즐길 줄 모르는 그가 강성민이다.

나는 그에게 목소리를 높여 강조하며 말했다.

"형님!

언제나 기뻐하십시오.

끊임없이 기도하십시오.

모든 일에 감사하십시오.

이것이 그리스도 예수님 안에서 살아가는 우리에게 바라시는 하느님의 뜻입니다"*